零《ゼロ》から0《ゼロ》へ

まはら三桃
Mito Mahara

ポプラ社

零から0へ

装丁：bookwall
装画：草野　碧

1

朝やけが眩しい。松岡聡一《まつおかそういち》は歩みを止め、眼鏡《めがね》の奥の目を細めた。そうしながらもじっと見つめてしまう。今、昇らんとする暁光《ぎょうこう》の輝きを。数か月前まで空を染めるのは、焼夷弾《しょういだん》で焼ける家から上がる火の粉や、燃え盛る炎の反射だった。

空に響いた轟音はもう聞こえない。やけどのようにただれていた地面にも、粗末なバラックが建ち、少しずつだが街は生き返っている。

一九四五（昭和二十）年、初冬。今日は聡一の初出社の日だ。青色の菜っ葉服の上下に身を包み、生成《きな》りの布鞄《ぬのかばん》を斜めがけにした。鞄には母が詰めてくれた弁当が入っている。菜っ葉服は叔父のお下がりだが、夕べ寝押しをしたので、ピシッとしている。胸には松岡聡一と書かれた名札。聡一は名札を朝日にかざすように胸をはり、大きく息を吸い込んだ。記念すべき出発の朝の空気を。とたんに、

「へっくしょん」

くしゃみが飛び出した。

まだ残る地面の焦げ臭さが鼻腔《びこう》をついたのか、急に下がってきた気温の刺激か。

いずれにせよ締まらない生理現象だ。

「ちくしょー」

緊張感を取り戻すべく気合を入れ、改めて大股で歩き出す。

聡一は終戦後、入学したばかりだった大学をやめた。外地に取られていた父親の戦死が知らされ、残された家族を支えていかなければならなくなったからだ。祖父、食べざかりの二人の弟。郵便局で働く母親の稼ぎだけでは五人の口を糊《のり》することはできない。

仕事を探し始めた聡一に、折良い話が舞い込んできたのは一か月ほど前だった。運輸省《うんゆしょう》の鉄道総局が、大量の人員を採用しているという。

話を持ってきてくれたのは、父方の叔父にあたる、松岡正《ただし》だった。

「聡一、おれの職場で働いてみらんか」

正は中学を卒業後、九州から上京し、鉄道総局の大井《おおい》工場で働いていた。聡一の住まいがある浜松町《はままつちょう》にも、鉄道総局の主力の研究所があり、そこでも人員を受け入れているという。

太平洋戦争の敗戦直後、日本はＧＨＱから「航空の研究、生産の一切禁止」を命令された。このため大戦中は、軍用機を生産していた軍の優秀な技術者たちが働き場を失い、路頭に迷うこととなった。そこで声をあげたのが、時の運輸次官である平山孝《ひらやまたかし》だ。

「陸海軍の技術を日本としては温存する必要があるから、まずはぜひ鉄道総局で採用しなさい」

という指示の下、軍の技術者たちが、鉄道技術研究所に集められたのだ。それに伴い、一般からも働き手を受け入れているという。

「せっかく入った大学だから」と反対した母は、学業の傍らできる新聞配達を勧めたが、聡一は本格的に働きたかった。

聡一は大学時代、兵役に志願したが、視力が悪く叶わなかった。学徒出陣で大勢の学友たちが召集されていく中、役に立てない自分が悔しかった。だから、戦争が終わった今、一刻も早く世の中の役に立ちたいと思っていたのだ。それには、物をつくる仕事がいちばんいい。

足かけ五年にわたる戦争の末、日本は敗れ、何もかもが焼かれてなくなった。どこもかしこも見渡す限りの空白だ。

寒々としたこの空白を埋めたかった。

失われてしまった生活を取り戻したい。いや、できるものなら、以前よりも質の高い生活を。そのためには鉄道の仕事はうってつけではないだろうか。今、走っている電車よりももっと速いものをつくれば、失われた時間ごと取り戻せるかもしれない。

聡一は叔父の勧めに飛びついた。

鉄道総局に入社する日、聡一は見渡す限りの焼け野原をながめながら、強く心に誓った。

今度こそ、国の役に立ちたい。

職場となった鉄道技術研究所は、浜松町駅《はままつちょう》のすぐそばにある。聡一の住まいからは、歩いて二十分ほどのところだ。

「うわっ」

コンクリートの立派な建物が見えてきて、聡一はひるんだように足を止めた。建物に向かって、大勢の人々がうねる波のように続いていたのだ。聡一が歩いている間にも、道路を歩く人間がどんどん増えてきていたが、そこに駅から出てきた人が加わり、そのすべてが研究所の門を目指している。

話には聞いていたが、これほどとは。

終戦後、日本には働き手が大量に余っていた。産業がないところに復員兵が戻り、街には失業者があふれていた。新しく会社が起業されると就労希望者が殺到する。小さな民間企業ですらそうなのだから、国の組織とあっては当然だ。安定した働き口を求める人たちが、大挙して押し寄せた。研究所だけでも、五百人だった職員が、三倍の千五百人になっているという。

「ここかあ」

聡一は輝かんばかりの気持ちで、研究所の門を見上げたが、すぐに眉をひそめた。門の下を、大勢の男たちが押し合いへし合いくぐっているのだ。門というものは、いったん人を立ち止まらせるためにあるものだが、これではいったん立ち止まらせるどころか、阻んでいるようだ。門の下で渋滞する人波に、聡一は眉を緩めて、あっけにとられた。

聡一が、この研究所で働くことが正式に決まったのは、三日前のことだった。叔父に伴われて挨拶に行った鉄道総局の事務所で、同時に配属を告げられた。

「きみには浜松町の研究所で働いてもらう」

そう言われた時の胸の高鳴りをどう表現したらいいものか。鉄道総局にはいろんな部署があるが、新しい電車の研究をする研究所なら願ってもないことだ。

「助手のような下働きだがな」と続いたが、青空に向かってはためく真っ白な洗濯物のような心持ちだった。

自分はこの手で、失われた日本を取り戻したい。それには机上の仕事よりも、実際に物をつくる仕事がうってつけだ。

「はいっ！」

聡一は、みなぎる力を込めて返事をしたのだった。

新しい電車をつくりたい。

聡一は流れる人に押し出されるようにして、門をくぐった。


初めての朝礼の場。敷地内の中庭でそろって国鉄体操をした後、聡一は隣に立ったやせた男に促され自己紹介をした。

「今日からお世話になります、松岡聡一であります。どうぞよろしくお願い申し上げます」

第一声を上げて聡一が頭を下げると、

「まあ、そう気張るなよ」

男が苦笑した。自分の声がひっくり返ったのがわかり、照れ隠しに勢いよくおじぎをしすぎて、ばね仕掛けのようになってしまったのだ。男の言葉を受けて、周りからも失笑がもれ、聡一は顔を赤らめた。

やせた男は名前を池藤孝之《いけふじたかゆき》といった。早口で声が高い。年齢は聡一より五つ年上の二十四歳だという。

七三分けにした髪をぴっちりと油のようなもので固めたしゃれ者風情で、体も細ければ目鼻も細い。唇は薄く、なんとなく薄情《はくじょう》な感じがする顔立ちの池藤が、当面の間聡一の相談係のようなことをしてくれるらしい。

「何かわからないことがあれば、私に聞きなさい」

朝、受付を訪れた聡一に、池藤はとがった鼻をつんと上げて言った。

「それぞれの班の班長を紹介しよう」

池藤は、また鼻を上に向けた。

中庭での朝礼に参加している人はおよそ六十人で、二十人ほどの列が三つできている。つまりこの研究所には三つの班があり、その最前列にいる三人が、班長らしかった。

「まずこちらが平林静一《ひらばやしせいいち》さん。技術班の班長だ。技術班では電車の振動抑制の研究をしておられる」

「平林です」

平林と紹介された男は、それだけ言った。眼鏡をかけた背の高い男だった。聡一も小さくはない方だが、さらに視点が五センチほど上にある。

五尺八寸くらいあるだろうか。

「よろしくお願いします」

聡一は言ったが、相手は高いところにある首を無言でわずかに動かしただけだった。無口な人らしい。

それを見計らったように次の男が口を開いた。平林よりも少し若く明るい感じがした。

「川野学《かわのまなぶ》です。安全班の班長をしています。うちの班は信号と保安の研究をしています」

「よろしくお願いしますっ」

快活な口ぶりに、聡一も気を取りなおして元気に挨拶をした。

「そしてこちらは木崎正道《きざきまさみち》さん。設計班の班長だ」

最後に紹介されたのは、小がらでやせ形の男だった。年のころは三十代後半、紹介を受けて聡一が「よろしくお願いしますっ」と頭を下げると、無言でわずかに会釈を返してくれた。少し暗い感じのする人だが、迫力がある。目力のせいだろうか。木崎の目は大きくて鋭かった。いかにも芯が強そうだと思っている聡一に、池藤はこう告げた。

「きみには設計班で働いてもらいます」

「え、設計班？　あ、はい。わかりました」

班長の木崎の方をちらっと見たが、木崎は無表情で正面を見据えていた。

「確かきみは大学で工学を学んでいたそうじゃないか。中退とはいえな」

薄い唇のはじを片方だけ上げて、池藤が言った。

「はい、そうです。私は物をつくることに興味があります」

意気揚々と答えると、

「まあ、かといって、設計の素養があるわけではないので、やるのは助手のような仕事だろうがね」

池藤は冷ややかに笑った。

「あ、はい」

「ということで、これで朝礼を終わります。各自持ち場について下さい。本日も一日頑張りましょう」

池藤が高い声を張り上げ、従業員たちはそれぞれの仕事場へと引き上げた。気がつくと池藤も歩き出しており、聡一も慌てて後を追った。

「あれが研究所だよ」

池藤が指を差したのは、三棟のバラックだった。

「え、あれですか」

本体の建物に比べると、意外なほど粗末だ。やや拍子抜けしそうになったが、入口の柱に、〝鉄道技術研究所〟の文字が書かれた木札を見ると、さすがに気持ちが引き締まった。

よし。

聡一はこぶしを握る。気合を入れなおしてながめた木造バラックは、朝日に光り輝いて見えた。

聡一は池藤に従い、配属になった設計班のバラック内に入った。木崎のそばへ行く。

「よろしくお願いします」

指の先にまで力を込め、深く頭を下げた。

この芯の強そうな男が上司だ。これから父親のかわりに一家を支えていく聡一と

しては、頼もしいような気持ちになったが、

「ああ、どうも」

木崎は短い返事をし、すげなく去って行ってしまった。

その背中を見ながら、池藤がささやく。

「木崎さんはぶっきらぼうなんだよ。ちょっとやりづらい人だな。ま、でも技術班に配属されなかっただけでも、よかったんじゃないか？　ひひひ」

下卑た笑いを付け加え、聞いてもいないのに内情を話し始めた。

「じつは、内部でちょっとした対立があってね」

「対立？」

聡一も声を絞る。

「そう。この研究所は派閥がきれいに二つに分かれている。これまで鉄道総局で働いてきた人間と旧日本軍から来た人。どの班の班長も、軍から来た人たちだ。きみのところの木崎さんは戦時中は海軍にいた」

「というと、航空機ですか」

池藤はやや声を落としたが、聡一は色めきたった。

「そうだが」

「え、木崎さんは戦闘機の設計をされていたのですか」

確かめる声が大きくなったのを、池藤は顔をしかめて制した。

「声が大きい。本人はあまり知られたくないらしいんだ。だが、銀河や桜花《おうか》の設計も手掛けたらしい」

「ええっ、銀河、桜……」

言いかけて言葉を飲み込んだ。

銀河、桜花といえば、聡一も知っている。銀河は軍用機の中でも抜群の性能を持ち、桜花は人間爆弾とも言われた特攻機だ。

あれらの設計者とは。

聡一は身震いするような思いで、木崎の眼力を思い出すと、池藤はあたりを気にするような様子でうなずいた。そして話してくれたのは、生粋《きっすい》の鉄道人と軍人として製造の仕事に携わってきた人との考えの相違だった。

「鉄道人たちは、安全第一と考える。それは鉄道総局がこれまでやってきたことだ。少々時間がかかっても、お客を安全に運ぶことが何より大事だと肝に銘じている。しかし軍にいた人は違う。性能こそが第一と考える」

「……なるほど」

軍用機の開発をするのに、安全を第一にという発想は確かにそぐわないだろう。それよりも、攻撃に求められる速さや強さを重視する。素人の聡一が考えても、二つのグループは発想からして相反すると思えた。

「そういうわけで、この研究所は一筋縄ではいかんのだよ。よく言うあれだ、『船頭多くして船山に上る』というやつ」

池藤は、芝居じみた渋い顔をつくってみせた。「まあそれでも、配属先が技術班じゃなかっただけよかったんじゃないか。振動の平林さんも軍の出身で、彼の方は零戦《ぜろせん》をつくっていた。そのプライドからか技術班の対立がいちばん大きい。下は鉄道組で数も多いからな。しかも生え抜きで負けん気が強いやつばかりだ」

池藤は大げさなため息をついたが、なぜかその目はどす黒く光っていた。

「きみも遅からずもめ事に巻き込まれることになるだろうけど、何かあったら、俺に相談するといい」

「池藤さんはどこの班なのですか」

聡一が聞くと、池藤はとがった鼻をぐっと持ち上げた。

「いや、俺は鉄道総局本体の人間だ。今はたまたま出向してきている。研究所では全体を取り仕切る総務の仕事をしている」

「ああ、そうなんですか」

上部組織の人間であることを、ひけらかすような態度に見え、少々気が滅入った。

「とはいっても、鉄道総局から勤めてもう七年だ。研究所のことは軍から移ってきた人間よりも、よく知っているぞ」

池藤は抜かりなく釘を刺し、次の指示もしてくれず、さっさとバラックを出て行ってしまった。

聡一は、おずおずとあたりを見回した。

どうすればいいのだろう。

簡素なバラック内には、設計板と机がいくつか置かれ、二十人くらいの職員たちが作図や計算をしているようだった。木崎は奥の窓際の机についていた。職員たちには背を向けて、机の上で何かを両手でこねている。

何をしているんだ？

近づいて聡一は一瞬首をひねった。その手の中にあったのは、粘土《ねんど》だったのだ。設計班の班長である木崎は、設計紙や計算機に向かうわけではなく、ひたすら粘土をこねていた。

「ああ、疲れた」

一日の仕事を終え、帰宅した聡一は上がりかまちを上がったとたん、崩れ落ちるように板張りに転がった。

聡一家族が住む家は、母親の実家になる。聡一たちは以前上野《うえの》に住んでいたが、空襲で家が焼けてしまい、家族で焼け残った浜松町の祖父の家に移り住んだ。

この家も家族五人が暮らすのには、充分な広さはないが、なんとか寝起きはできる。昔ながらの家で、土間の一角に炊事場《すいじば》があり、土間から上がったところに、広い座敷と続きの六畳間がある。二階には小さな部屋が二つあり、そこに上野からの荷物を入れて、聡一は弟たちと布団を並べて寝ていた。

「お兄ちゃん、どうしてそんなところに寝ているの？　風邪ひくよ」

聡一が帰ってきたのに気がついて、三男の真三《しんぞう》が走ってきた。真三は小学校一年生で七歳。聡一とは十二歳離れている。くりっとした目のかわいらしい顔立ちだ。坊主頭にする前は、女の子に間違われることもあった。

「もうちょっと上に上がって」

真三は聡一の両腋《わき》に自分の手を差し入れて、引っ張りはじめた。どうにか兄の体を座敷に引き上げようとしているらしい。

くすぐったいのを我慢しながら、聡一は「おっ」と思う。

やる気だな。

年の離れたこの末っ子は、甘えん坊なだけかと思っていたが、ずいぶんとたくましくなった。だがいかんせん、力がついてこないようで、真三はやがて音を上げた。

「賢兄ちゃーん」

大きな声で助けを呼んだ。

目を閉じたままの聡一の耳に、ほどなく聞こえてきたのは二男の足音だ。台所からやってきたのだろう。二男賢二《けんじ》は、小学校六年生の十二歳。聡一とは七つ違いだ。

聡一と賢二の間に祥子《しょうこ》という女の子がいたが、幼いころに亡くなってしまった。庭に生えていたグミの木のまだ青い実をいくつも食べて、お腹を壊したのが原因だ。やっと四歳になったところだった。

賢二は男子ではあるが炊事が得意で、最近は夕飯を一人でつくれるようになった。今日も家の土間口を開けたとたんに、いりこと醤油で大根を煮るいい香りがして、思わず聡一は、体の力が抜けたのだった。

「ああ、お兄さん、おかえりなさい」

賢二はあられもなく横たわる兄にむかって、律儀に挨拶をした。目を開けなくても、聡一には頭も下げているのが見えた。生真面目な子なのだ。

「よし、二人で上に上げよう。真三は足を持って」

「わかった」

真三に代わって、賢二が聡一の両腋から胸に両腕を回し持ち上げて引っ張った。足元では真三が足首をつかんで、かまちに上げている。

引きずられて背中は痛いわ、足首はくすぐったいわだが、聡一はそれでも起き上がることができなかった。

「うーっ」

かろうじて上がる唸り声を、我ながらふがいなく聞きながら、されるがままに引っ張られた。


聡一は目を覚ました。一瞬、煙の中で目覚めたようにぼんやりしていたが、しだいに天井の板目もようが見えてきて、体に自分の縕袍《どてら》が掛けられているのがわかった。と同時にかん高い声が聞こえた。

「あ、聡一兄ちゃんが起きた」

末っ子の声だと認識したとたん、当の真三が、さやからはじけ出した豆のような勢いで飛びついてきた。

「ご飯、ご飯、お腹がすいたよう」

「ああ、待っててくれたのか」

のっそりと体を起こして、傍らに置いてあった眼鏡をかける。弟のどちらかが、外してくれていたらしい。おかげではっきりした視界の先のちゃぶ台に夕食の準備が整っていた。すでに祖父も着座している。オレンジ色の電球に照らされる湯気に、腹がぐうと音を立てた。

「いたた」

空腹を思い出したとたん、腹が痛むのを押さえながら、食卓に着く。

「家に上がる前に寝てしまうなんて、よっぽど疲れてたのねえ」

仕事から帰ってきていたらしい母親が、汁椀を給仕してくれながら、聡一の顔をうかがった。

「ふがいない」

聡一は椀を捧げ持つように受け取ったが、その手さえ震えている気がした。

「じゃあいただきましょうか」

母の声に

「いただきまーす」

弟たちが声を合わすと、

「ちょっと待ちなさい」

祖父の勉《つとむ》が腰を上げた。何事かと思っていると、

「聡一はこちらに座りなさい」

これまで自分が座っていた場所を指示した。

「今日からこの家の家長は聡一だ。ここに座りなさい」

「いやいや」

聡一は手を振る。食事のときの席は、この家に住み始めたときから決まっていた。長方形のちゃぶ台を囲んで、いちばん奥、床の間の前に祖父が座り、そこから時計回りに、聡一、賢二、祖父の向かいに真三が座り、その隣に母の登喜子《ときこ》が座っていた。祖母がいるころは、その隣に祖母が座っていた。女二人は給仕や後片付けに都合がいいように、台所に近い場所だ。

「家長ってなあに?」

真三が聞いた。そういう時期なのだろうか、最近、真三は質問魔だ。

「家でいちばん偉い人という意味だよ」

賢二の解説で席の重みが増し、聡一は首を振った。

「そんな、いいですよ、おじいさん」

「そうよ。ここは父さんの家なんだし」

思わぬ祖父の申し出を聡一は丁重に断り、登喜子も言い添えたが、祖父はおもむろに首を振った。

「鉄道総局には立派な官舎もあるのに、聡一はお前たちのためにここから仕事に出てくれるんだ。大切なうちの家長だ」

弟たちに言って、座布団を持って聡一をせきたてた。

「さあ、さあ」

「聡一は、また大学に戻るかもしれないのよ」

登喜子は最後の抵抗を見せたが、「それでも今は、稼ぎ頭だ」と、祖父は譲らず、仕方なく聡一は場所をずれた。

ひと角ずれただけなのに、掛け軸を背にすると、何やら神妙な気持ちになってしまった。

これが家長の席なのか。

面映《おもは》ゆいような、それでいて怖気づくような感情が入り乱れる。

「ではとにかくいただきましょう」

「いただきまーす」

聡一の心を察したのか、ことさらのように登喜子が明るい声を出し、弟たちが改めて声を合わせ、聡一も箸を持った。

とにかく食おう。

空腹のため、痛みさえ訴えていた腹を汁で湿らせ、大根の煮物を口に含む。

「お、うまいな」

やわらかく炊けていた。いりこの風味が大根のアクに勝って、豊かな味わいだ。

「朝学校に行く前にいりこを水につけていたんです。その水で、大根をやわらかく煮てから味付けをするって、おばあちゃんに教わりました」

賢二は控え目な声で言った。

「本当、おばあちゃんの味だわ」

「うん。おばあちゃんの味だ」

母が感心すると、真三もわかったふうに喜んだ。

「賢二は料理がうまくて助かるけど、お父さんが生きてたら、叱られちゃうところだったわね。『男が台所に立つとは何事だあ』って。何しろ九州男児だから」

戦死した父、聡《さとし》は九州の出身でなかなか亭主関白な男だった。男子厨房に入らずは当たり前で、風呂も一番、寝床に入るのも一番の人だった。

「まあでも、こんなおいしいお大根が出てくるなら文句は言わなかったかもしれないわね。私は料理下手だから。あらあら」

陽気な母の語りが止まった。どうしたのかと思ったら、祖父が持った箸を震わせていた。箸だけではない。肩も震えている。

「うっ、うっ」

どうやらむせび泣いているようだ。

「おじいちゃんたら」

母があきれた声を出すと、祖父は箸を置き、部屋の隅の仏壇にいざり寄った。

チーン。

りんを鳴らして、手を合わせる。味覚から祖母の思い出がよみがえったのだろう。

母も箸を置き立ち上がる。頭を下げ、なおも体を震わせる祖父の隣にちょいと座ると小皿に分けた大根を供え、自分もついでのように頭を下げた。仏壇には、祖母、妹の祥子、父の位牌がそれぞれの遺影とともに並べて置いてある。

「お父さんも祥子ちゃんも賢二の大根を食べて下さいね。でもちょっとお父さんには、甘みが足りませんけどね」

言い方もそっけない。聡一が思うに、祖父に比べて母はずいぶんさっぱりしている。祖母も父も同じころに亡くなったが、伴侶の死をまだまだ引きずっている祖父に比べて、母の悲しみようは薄い気がする。働き手を失い、感傷に浸っている暇などないのかもしれないが、聡一には、やや冷たすぎるのではないかと感じられることがある。

もしや仲の良い夫婦でなかったのでは、と思うと、聡一の心は穏やかではない。聡一にとって聡は、少々頑固ではあるが、実直で真面目な尊敬すべき父だった。亡くなってしまってからは、特にそう思う。母にも、もっと敬意を持ってもらいたい。

けれども母は、あっさりと言った。

「しかたないのよ、お砂糖がないから」

チーン。

九州男児の父が味付けの甘いものを好んだせいで、家のおかずは甘めのものが多かった。聡一の舌にはたまに食べる祖母の煮物の方がおいしいと感じていたが、今日は妙にあの味が恋しい。

「うまかったなあ。あの甘じょっぱい煮物」

「あら珍しい。聡一は甘いものあんまり好きじゃないでしょう」

「初仕事で疲れとるんだろ。体が消耗して、脳が糖分を欲しがっとるんだ」

不思議そうな母に、祖父が代弁してくれた。

「お兄ちゃん、今日は何をしたの？」

「汽車はつくった？」

「汽車に乗った？」

「うーん」

矢継ぎ早な真三の質問に、聡一は唸るしかなかった。期待されているような仕事はしなかったからだ。出社初日の今日、聡一がやってきたのは、なんと芋を蒸《ふ》かすという作業だった。

いざ物づくりの仕事をせんと、意気揚々と入社した聡一が先輩職員に連れて行かれたのは、裏庭だった。そこで最初の任務を告げられた。

「え、芋を蒸かすんですか？」

思わず指示を聞き返したが、設計班の先輩はあっさりうなずいた。

研究所の裏庭には確かに芋畑があった。食べ物が少なくなってきた戦時中から、人々は空いている土地を見れば耕し、野菜をつくってきたものだが、ここも例外ではないらしい。さして広くもない敷地のわずかな空き地に、鍬《くわ》が入れられていた。

芋かあ。

聡一は出鼻をくじかれたような気持ちになったが、畑ではすでに何人かの職員たちがのんびりと手入れをしていた。

そこで聡一は、新入りの挨拶もそこそこに、急ごしらえのかまどに火を起こし、せいろで大量の芋を蒸かしたのだった。「汽車をつくったのか」と目を輝かす幼い弟に、披露するには格好がつかない話だった。


次の日。今日こそは自分の仕事の内容を弟たちに話してやりたいと、期待して出勤した聡一だったが、この日も待っていたのは、芋畑の手入れだった。設計班のバラックにも入らぬうちに畑に連れて行かれ、鍬を手渡された。

「土の中の掃除をするんだ。茎とか葉っぱが残っていたら、土が病気になるからな」

そう指示をしたのは、昨日一緒に芋を蒸かした男で、吉野《よしの》といった。年のころは五十を少し過ぎたくらいで、同じく設計班の所属らしい。

「はあ」

鍬を受け取った聡一はたずねてみた。

「あの。これが仕事でしょうか」

言ってしまってから、失礼な質問だったかとも思ったが、吉野はなんの問題もないように答えた。

「そうだ。さつまいもは収穫をした後が大事なんだ。土壌に根や葉が残っていては、使い物にならない」

「いや、そうではなく。ほかの方は何を?」

研究所のほうを見やりながら、さらに聞いてみると、吉野は小首をかしげた。

「新しい電車の研究じゃないかね。軍から来た人たちが、意気込んでいるというのを小耳にはさんだが」

「新しい電車ですか!」

聡一は詰め寄るように足を踏み出したが、

「あ、ああ。よくは知らんが」

吉野はたじたじとばかりに後退し、鍬を片手に踵《きびす》を返した。だが、隣の畑に向かって進み始めたところで、引き返してきた。

「ああ、それから」

「なんでしょうか」

「大事なことを言い忘れた」

「はいっ」

聡一は背筋を伸ばした。

「抜いてしまったら、焼却をするから。そうしないと土に虫がつくからな」

「……」

聡一は、伸ばした背筋から力が抜ける音を聞いた気がした。


その日から、来る日も来る日も、芋、芋、芋。やがて年は明けたが、聡一の仕事場は相変わらず芋畑だった。寒空の下、芋を蒸かしたり、土壌の整備ばかりをしている。

これも職員たちの貴重な補食になると思えば、大事な仕事ではあるだろう。けれども聡一がやりたかったのは、こんなことではない。

聡一は土で汚れた手のひらを見つめた。

「おれは何をやってるんだ」

この手には、鍬ではなく、電車の部品を握っているはずだったのではないか。

「吉野さーん、私たちはいつまでこの仕事をやるのでしょうかー」

隣の畑を耕す吉野に、聡一はたずねてはみたが、相手も答えようがないのか、肩をすくめるばかりだった。


入社してからひと月が過ぎ、聡一はすっかりくさくさした気分になっていた。

新しい電車の輪郭は見えないどころか、そんな計画が存在することの信ぴょう性さえつかめないのだ。研究所にはたまに呼ばれるものの、頼まれるのは物を運んだり、人を呼んできたりする使いっぱしりばかりだ。

あの日、希望に心をはためかせて見つめた門は、一か月の間に見上げることもなくなっていた。

今日もまた、芋を蒸かすのだろうか。

一九四六（昭和二十一）年一月の終わり。うねるような人波に、半ば身をまかせるように出社した聡一だったが、その日待っていたのは昨日とは違う雰囲気だった。

あれ？

出勤してすぐに違和感に気がついた。構内がなんとなくざわついている。活気ではない。不安と緊張が混じり合ったざわつきだった。

あちこちで、囁きあう声がもれ聞こえていた。てんでな情報だが、人々の口から発せられている話には、一つだけ共通の単語があった。それは、不安と緊張を喚起《かんき》させるに充分な単語だった。

流言飛語《りゅうげんひご》は戦時中から飛び交っている。聡一も慣れていて、少々のことでは動じなくなっていたが、今回はどうにも見過ごせなかった。もれ聞こえる同じ単語には圧迫を感じざるを得ない。

違和感が具体的に提示されたのは、朝礼のときだった。いつものように簡単な事務連絡の伝達がされた後、いつものようではないことが起こった。

「では、解散」

池藤があっけなく言ったのだ。

国鉄体操は？

いつも行う国鉄体操がなかった。みんながきょとんとした顔を見合わせる中、池藤が妙に重々しく言った。

「GHQからの指導により、本日から国鉄体操は中止することになりました」

「はあ？」

「なんでだ？」

「なんだって、GHQが」

一人が反応すると、それまで抑えつけていた重石《おもし》が外されたように、あちこちから声が上がった。

ＧＨＱ。

まさか乗り込んできたのかと、聡一はさりげなくあたりを見まわしたが、それらしい人影は見えなかった。

しかし、出勤してきたときから感じていた、おかしな空気の根拠こそ、ＧＨＱという単語だった。

敗戦後の十月二日に設置されてから、連合国軍最高司令官総司令部《れんごうこくぐんさいこうしれいかんそうしれいぶ》（ＧＨＱ）は日本を直接支配していた。日本の軍事力を解体し、軍国主義を廃して、親英米的な国家へつくり替えることを目的とし、軍事だけでなく産業や教育にも関わってきていた。

ＧＨＱには若い軍人が多く、彼らが街で女性をはべらせる姿は、日常の光景となっていた。子どもたちは珍しいチョコレートやチューインガムなどを目当てに群がり、映画スターか野球選手かという人気ぶりだ。

勝てば官軍だな。

人の国を思いのままに闊歩するＧＨＱが、同じ年ごろの聡一の目には楽しそうにしか見えず、腸《はらわた》が煮えくりかえるような気分だった。それでいて、うらやましくもあった。

一度、真三がチョコレートをねだっているのに出くわしたことがあり、制して連れ帰ろうとしたことがあった。そのときGHQの男は、べそをかく真三をなだめるような言葉を発した後、聡一に笑いかけた。人懐こい笑顔だった。

真三には「兄さんがだめだってさ、お前も辛いな」と言いながら、聡一には、「戦争のことは忘れて仲よくしようぜ」と言っているような気もした。聡一と同じ年ごろのアメリカ人だった。度が過ぎる楽天家だと思う反面、その自由な感覚が聡一は嫌いではなかった。だがその一方でやはり支配者の彼らは、明らかな脅威でもある。嫉妬と憧憬《しょうけい》と恐怖。彼らの姿を見るたび、聡一には複雑な心情が入り混じっていた。

そんなGHQが自分の職場に介入してきたのだという。

「国鉄体操のような集団行動は軍国的だということで、禁止となりました」

「体操ごときが軍国的だって？　何を言っとるんだ」

「大げさじゃないか？」

従業員からは素朴な疑問が上がったが、聡一も同じ気持ちだった。面白くなかっな。

た。国鉄体操のどこが悪いというのか。

我々の朝の習慣を奪うな。いや、朝の自由を奪うな。精神まで支配しようとする

そのうえ、池藤の態度も面白くなかった。

「いいですか。ＧＨＱと上が協議して決めたことです。決定事項への異議は運輸省への異議とみなしますよ」

上、つまり運輸省鉄道総局を笠に着ている。

厭味な感じだな。

むしゃくしゃしながら研究所へ向かった聡一を、さらなる衝撃が襲ったのは、それから十分もたたないうちだった。芋畑に向かおうと、扉を出ようとしたとき、慌てふためきながら研究所に若手の技術者が入ってきたのだ。

「軍組が追放されるそうです」

男の作業服の胸に八代《やしろ》と名札が縫い付けてある。聡一は入社してから一か月にもなるが、多くの職員の名前をまともに知らなかった。

「なんだと？」

ただならない発言にバラック内にいた技術者が八代を取り囲んだ。聡一も隙間か

らなんとか様子をうかがった。

八代は自分を落ち着かせるように、深呼吸をしてからおもむろに言った。

「軍の関係者が公職についていては、統制がとれないと、ＧＨＱから政府に勧告があったそうです」

「ということは、平林さんや川野さん、それからこの班の木崎さんもか」

古参らしい年配の技術者が確かめると、八代はおずおずとうなずいた。

「おそらく」

ややあって、どこかから声が聞こえた。

「そいつはいい」

聡一からすれば理解できない言葉だったが、賛同の声は続いた。

「そうだ。それはいい。これで元の研究所に戻れる」

「そうすれば仕事がしやすくなるぞ。こっちのやり方も知らないで、偉そうな顔ばかりしやがって」

「そうだ、そうだ。何が新しい電車だ」

「えっ？」

聡一は小さく叫ぶ。

新しい電車がだめなのか？

一瞬耳を疑ったが、周りは一気に色めきたった。

「エイエイオー」

ときの声まで上がる一方で、軍出身の技術者たちは騒ぎを遠巻きに眺めていた。苦虫をかみつぶしたような険しい表情だ。木崎の姿もある。

聡一は何とも言えず切なくなり、逃げるようにバラックを出て、芋畑に急いだ。


聡一の家に久しぶりに叔父の正がやってきたのは、それから数日後のことだった。半ドンの仕事を終えた、土曜日。

「元気にしとったね？」

正はほくほくと言った。父の聡も九州弁が抜けなかったが、正はもっときつい。骨太で顔つきはいかついが、言葉のおかげか叔父からは人の良さそうな印象を受ける。

「正月は、ご挨拶に行けませんで」

今年の正月は父親の喪に服すため、家族でささやかに過ごしていた。

「改めまして、このたびは大変お世話になりました」

聡一は居住まいを正して、就職の礼を述べた。

「そうかしこまらんでんよか。で、どうね、仕事は」

かしこまるなと言われたが、その質問にはさらに体に力が入った。まさか、「芋を蒸かすのがうまくなりました」とは言えない。

「それが……」

聡一は、こわごわ口を開いた。どう説明したものかと迷ったが、話し始めてみると、噴き出すように言葉があふれてきた。堪えていた感情、泉のごとくだ。芋の世話への不満や、対立関係にある内状への戸惑い、入ったばかりの職場では、仕事はもの足らず、振る舞いに困ることばかりだ。就職の口をきいてくれた叔父には悪いと思いつつ、聡一は心情の吐露を止められなかった。

叔父は黙って「ふんふん」と聞いていたが、話が先日あったＧＨＱ介入の下りまでくると、さすがに表情を曇らせた。

「それできっと、お前が心配しとるんやなかかと思うてね」

軍関係者が追放されたとあっては、新しい電車づくりを楽しみにしている甥が落胆しているのではと心配したようだ。

「木崎さんもかね」

「いえ、研究所の班長で辞められたのは川野さんだけです。木崎さんと平林さんは残りました」

鉄道総局を襲った公職追放では、実に軍関係者の半分が籍を奪われた。

「そうか」

それを聞くと叔父は、やや口元を引き締めた。

「それなら、近いうちに動き出すかもしれん」

「何がですか」

「いや、噂話の域《いき》を出らんのやが、木崎さんにはある計画があるらしい」

「ある、とは？」

「新しい電車たい。それも、とてつもない電車らしい」

「具体的には？」

「それはおれにもわからんが、そのうち、大きな研究開発が動き出すんやなかろうか」

「本当ですか」

聡一はごくりとつばを飲み込んだ。それこそが、求めていた仕事だ。

「ああ、その仕事を手伝えたらお前、大したもんぞ。日本中、いや世界がアッちゅう電車らしかけん」

「世界が、アッと言う」

「そうたい。だから腐るな。今は芋の世話でんなんでんしてから、粘っちょけ。そして機を見て加勢させてもらえ。木崎さんたちの右腕になれ。聡、お前の父さんも同じ気持ちやろう」

正はそう言い残して、帰って行った。


正の話は半信半疑で聞いたものの、それからしばらくして聡一は、芋蒸かし以外の仕事を命じられた。鍬を片手に外へ出ようとしたところ、

「おいっ、助手っ」

と呼び止められたのだ。振り返った聡一は目を見開いた。声の主は班長の木崎だったのである。木崎正道本人だ。

「資材置き場から木材を持ってこい」

「は、はいっ。かしこまりましたっ！」

一瞬のうちに末端の神経にまで力が張り詰め、聡一は資材置き場に走った。そして抱えられるだけの木材を持って戻ると、次はそれを二十センチずつの長さに切る

ように言われた。

「作業は邪魔にならないところで。十本切ったら持ってこい」

「あの、のこぎりは？」

木材を握ったままたずねると、

「その辺にあるだろ、探してから言えっ」

怒鳴られた。仕方なく、一旦その場に木材を置き、きょろきょろと見回していると、そばでバラバラッと大きな音がした。

「ちくしょー、誰だ、こんなところに置いたのはっ」

聡一が置いた木材に足を引っかけた先輩がいたようだ。

「あ、すみませんっ」

慌ててどけようとすると、

「何してんだ、計算はし直したか」

頭越しに更に大きな声がした。木崎が誰かを怒鳴ったのだ。腹の底まで響くような野太く鋭い声に、聡一はびくっと体を震わせた。自分に向けられたものでもないのに、棍棒で打たれたような衝撃だ。

「え？　あ？　すみませ……」

「はいっ、今やります」

混乱する聡一を押しのけて、木材に足を引っかけた先輩が走って行った。ちらりと木崎を見やると、鬼のような形相《ぎょうそう》だった。聡一は目をぱちぱちさせてしまう。初めて見たときの無口な人という印象とまるで擦りあわない。

ついぼうっとしていると、

「おい、助手!」

ぼやけた視線を鋭い目が捉えた。

「お前のことだ。ぼんやりするな」

木崎から睨み付けられて、聡一の身は更に固まってしまう。

「あ、はい」

「助手が人の邪魔をしてどうする。人を助けるのが助手だ」

「はいっ」

叩き割るような声に、聡一は背筋に電流が走ったようになった。そのおかげで全身の神経が目覚めたのか、近視の目が速やかにのこぎりを見つけた。小走りで目標物をつかみ、散らばった木材をかき集め、邪魔にならない場所を探す。

設計班のバラックには、いくつかの木机と書棚が、二つ三つグループをつくるように置かれ、それぞれの机で数人が時に話し合いをしながら、仕事をしていた。その机の並びとは別に、窓際にぽつんと一つだけ置かれている机が木崎の席だ。職員に背を向けるように置かれている。

木崎はたまに振り向いて、指示を出す以外は、いつもここで一人作業に没頭していた。

孤高の人だな。

背を向けた机は、あたかも木崎の心情と位相を表しているように見えた。

「ぼうっとするなと言ってるだろう」

「すみませんっ」

ほんの少し様子を見ていただけなのに木崎からまた怒鳴られて、聡一はすごすごといちばん離れた隅に陣取った。緊張感しか漲《みなぎ》っていない恐ろしい場所からは、少しでも離れたかった。

しかしそうはいかなかった。さっそく二十センチの木材づくりを始めたものの、今度はほかの人から呼ばれたのだ。

「おい、助手っ」

「あ、はいっ」

「ちょっとそこ、押さえてろ」

聡一は立ち上がって行き、設計用紙のはじを押さえた。

それからもあちこちから用事を言いつけられた。

「助手っ」

「ちょっと手を貸せ」

そのたび総務部へ走ったり、書き損じた設計図に消しゴムをかけたり、鉛筆を削ったりした。消しゴムがちびてしまうと、バラック内に目を光らせて、落ちているものを拾ってきたりもせねばならず、肝心の自分の仕事ができない。やっと少し静かになって、さて木を切ろうというところで、例の棍棒を打ち下ろすような声がした。

「助手っ」

「え、はい」

勘弁してくれよ、という気持ちが声にこもるのを慌てて飲み込むと、太くて硬い声が問うた。

「木はいくつ切れた？」

「え、いいえ、まだ切れてません」

「はあ？」

木崎は驚いたように目を丸くした。

「切れてない？　あれから一時間はたっとるぞ」

その一時間の間に、僕はどれだけ走り回ったか。

自分の行動が脳裏を駆け抜けたが、もちろんそんな説明ができるはずもない。だがこのままではまた怒鳴られる。下手をすると殴られるかもしれない。少なくとも消しゴムの一個くらいは飛んできそうだ。こんなことなら這いつくばって消しゴムなんか探さなければよかった。

「私には」

気がつくと聡一は声を張り上げていた。

「私には名前がありますっ」

先ほどから「助手、助手」と呼ばれるたびに、むしゃくしゃしていたのだ。

「松岡聡一といいます。父の名前は聡明の聡でさとし。その一番目の子なのでと、父が名つけてくれました」

自分でも耳を疑うくらいの大声が出たが、誰の耳にもそうだったのだろう。一瞬、あたりがしんと静まった。

「……そうか」

意外にも木崎の声が穏やかになった。それを合図にまたざわめきは戻ったが、木崎は負けないような声で続けた。

「それは悪かった、松岡聡一。これから昼飯までの間に、二十センチ棒を十本つくれ」

「はいっ」

聡一は歯切れの良い返事をした。だが、昼飯までは一時間もなかった。

聡一は、木崎から託された仕事を昼飯までには何とか終わらせたが、十本ほどの二十センチ棒の用途はわからなかった。さらに午後からの仕事は目的も不明だった。次に託されたのは、

「敷地内に落ちている葉っぱを拾ってこい」

という任務だ。

しかも、なるべく大きさと厚さが違うものをという。落葉の時期ならいざ知らず、真冬の落葉樹はすでに葉を落としている。そもそも焼夷弾の餌食となった木もあって、落ち葉はあまり見当たらない。仕方ないので生きている木に登り、葉っぱをちょうだいすることにしたが、引っ張ると「ぶちっ」とちぎれる音が悲鳴のようにも感

じられて、気がとがめた。

「悪く思うなよ」

聡一は枝に語りかけて、せめてなるべく丁寧に葉を摘んだ。

2

それから研究所の雑用が聡一の仕事になった。さすがに呼び名こそ「松岡」と改められたが、やらされることの多くは使いっぱしり。あいかわらず仕事の内容も見えない。それでも、芋相手よりも数段手ごたえはあり、聡一は張り切ってあちこち走った。

その間に、内部の関係も垣間見ることになった。池藤によれば設計班は技術班よりはまし、ということだったが、一見しただけで鉄道組と軍から来た技術者たちが反目しているのはわかった。きれいに二つに分かれて作業をしているのだ。

関係を複雑にしているのは、その二つにどうやら上下関係があることだ。設計の主導権を握っているのは軍出身者。部下にあたるのは鉄道組だが、その人たちが古参の社員というのだから具合が悪い。新参者に乗っ取られてたまるものかという雰囲気が立ち込めている。年齢も古参社員の方が高そうだ。

しかも主導権がある上に、旧軍人の物腰は慣習なのかどうしても厳しい。これではちょっと考えただけでも、鉄道組が面白くないのは理解できた。

居心地の悪さにびくつきながら、聡一が使いっぱしりをしていると、

「松岡っ」

木崎から呼ばれた。

「はいっ」

飛ぶようにして窓際の木崎の下《もと》に行くと、前日に切った木材を示された。

「これらを線通りに切って、この模型と同じ形にしろ」

木材と粘土製の十センチほどの模型をいくつか手渡された。

あ、これは。

それは以前木崎がこねていた粘土だった。ここでは電車の研究をしているらしいが、粘土は、長方形の先端が丸みを帯びた見なれぬものだ。

「これが列車ですか」

聡一の知っている四角い列車の顔とは違う。

「まるで飛行機みたいですね」

「……つべこべ言わずにさっさとだ」

「は、はい」

「表面にはヤスリをかけて、美しく仕上げろ。いいな」

美しく？

鬼のような木崎の口から出た言葉にしては、いかにも不似合いで、聡一はぽかんとしてしまった。しかも指示はそれきりで、木崎は自分の机に戻ってしまった。

「はい。美しく」

つい繰り返して、木材を持っていつもの壁際に座ろうとすると、男が一人やってきた。木崎を横目で見やって、声をひそめる。

「なにが美しくだ、なあ」

名前も知らない男に同意を求められたが、黙って首をかしげると、男は面白くなさそうに口をゆがめた。胸に縫い付けてある名札には、鈴木《すずき》と書いてあった。鈴木は、吐き捨てるように続けた。

「二言目には美しく、だ。軍のお偉いさんだか何だか知らないが、乗り物に必要なのは美しさじゃない。安全だ。あ、ん、ぜ、ん。安全第一。ほらそこにも書いてある」

証拠を示すように指差した壁には、なるほど「安全第一」と紙が貼ってある。

「そう、ですね」

おずおずと返事をしながら会釈をし、聡一は壁際の隅っこに陣取った。

「さてと。線通りに切って、表面にヤスリをかける、美しく、おっと」

段取りを復唱しかけて口をつぐむ。目を上げると先ほどの鈴木がにらんでいて、慌てて言い直した。

「安全に」

聡一は糸のこを探してきて、まずは木材を眺めてみる。木崎が描いたらしい、なだらかな曲線が鉛筆で引いてあった。

「なかなか難しそうだな」

直角と直線でできた立体を、丸く切ることには慣れていない。注意深くやらなければ、過不足が出て角度が変わってしまいそうだ。

聡一は分厚い眼鏡越しに、粘土模型の形を矯めつすがめつ考えた。まずはしっかりと目に焼き付け、それを木材の上に重ねてみる。頭の中で、木材に描いてある線と模型の形が一致したのを確かめて、聡一は糸のこを握った。自然、胸が高鳴ってきた。

聡一は、幼いころから大工仕事が大好きなのだ。祖父譲りだと母は言う。祖父は会社勤めの傍ら、建具屋の下請けのような仕事をしていた。器用な人で、建具の修理はお手のものだったし、ちょっとした家具も自分でつくった。家の棚やちゃぶ台も祖父の手による。

まずは、少し大きめに。

聡一は小刻みに糸のこを動かした。時々粉のような木屑を吹き飛ばしつつ、切り進めて行く。聡一にとって、物づくりが楽しいのはこの過程だ。だんだん形が見えてくると、わくわくする。糸のこの刃の、切れ味がいいのもやる気を高めた。聡一は木材に隠れている形でも探すようにして、刃先を細かく動かした。

よしよし、切れた。

数十分後、ひとつの模型を切り終えた。次は、けば立った断面にヤスリをかけていく。ヤスリをかけてちょうど下描き通りになるように、三ミリほど磨きしろを残しておいた。この三ミリを磨き落とせば、滑らかな形ができる算段だ。

せっせと手を動かす。木材は杉らしい。切り落とした新しい木肌から、青い香りが立ち上る。新鮮な空気を吸い込んだような爽快感を覚えながら、丁寧にヤスリをかけた。やがて滑らかな模型が出来上がった。ささくれ一つなく小さな子どもが遊んでも安全なくらいだ。

「これでいいだろう」

歪みがないか点検してみる。

これが地面を走るのか。

手にした模型は、果たして飛行機の機体のようだった。縦横無尽に空を駆け巡る滑らかで鋭い形だ。

翼をつければ飛びそうだ。

引き締まるような、湧き立つような気持ちになる。

続けて二本目を手に取り、糸のこの刃を当てる。こちらは一本目の下描きよりも、ややカーブが鋭かった。

幸いなことにこの日は、自分を呼ぶ声は聞こえなかったので、聡一は作業に没頭できた。せっせと切ってはヤスリをかける。そのうちリズムが整ってきて、同じ動きをする手に無駄もなくなった。

「……」

「…岡」

ふとなにやら声が聞こえた気がして、聡一は顔を上げた。

「わっ」

同時に声も上がった。

目の前に木崎がいたのだ。

「は、はい」

聡一は、弾けるように立ち上がった。

「集中していたようだな。何度も呼んだぞ」

「はいっ。すみませんっ」

「……」

謝ったが木崎の鋭い視線は聡一の顔にはなかった。足元に注がれている。

「うまいな、お前」

「え?」

「なかなか器用じゃないか」

木崎は床に置いていた模型を手に取って、食い入るように眺めた。

「あ、ああ。こういうこと好きなもので。ありがとうございます」

ほめられて、つい緩みそうになった口元を慌てて引き締める。

「返事もせずにすみませんでした。なんのご用でしたでしょうか」

「飯だ」

「は？」

「昼飯食ってこい」

そう言われて壁の時計を確かめると、短針が1にかかっていた。

「あんまり夢中になっていたから、先に行ったんだが、帰ってきてもまだやってるとはな。腹がすいただろう」

ぐうっ。

そのとたん、口より先に腹が答えた。

「昼休みに行ってこい。腹が減ってはいく、いや仕事はできんぞ」

木崎は語気荒く言いなおしたものの、その目は柔らかかった。安心したせいか、聡一の腹はまたも大きな音を立てた。

ぐううっ。

「ははは。体は正直だな」

笑った。あの鬼のような班長が。

半ばあっけにとられながら、聡一は昼休みに入ることにした。

食堂は向かいのバラックにあった。とはいえ厨房があるわけではない。ただの食事用の部屋で、長い机が五、六台とそこに椅子が並んでいるだけだ。お茶の入ったやかんと湯呑《ゆのみ》、それから蒸かした芋がおいてあり、従業員たちはここに持参した弁当を持ち寄って、食事をすることになっていた。

しかしながら、従業員の数が多すぎるので、机が足りない。いつも聡一は隅の方で、こそこそと弁当箱を開けている。

今日は時間がずれていたせいで、食堂にはゆとりがあった。席を一つ確保し、弁当を広げた。弁当は母が、毎朝家族全員の分を詰めてくれる。

アルマイトのふたをぱかっと開けると、麦の入った日の丸弁当に、たくあん、いりこの佃煮《つくだに》、ちくわの煮付けに夕食の残りの大根の煮物が入っていた。大根にはご飯がすすむように、味噌が塗ってある。好きな卵焼きがないのは少しさみしいが、充分うまそうな弁当だった。

聡一は、湯呑に茶を注ごうと、やかんに手を伸ばした。

「あれ?」

だが、やかんはすでに空っぽだった。テーブルにあったほかのやかんも持ち上げてみたが、どれも軽い。

がっかりして席に戻ると、すっと目の前に湯呑が置かれた。中には茶が入っている。

「え？」

顔を上げると、見知らぬ女の人が立っていた。年のころは聡一と同じくらい。小柄で色白だ。髪は短く、やっと耳にかかるくらいだった。

「よかったらどうぞ」

女の人は水筒を持ち上げてみせた。持参してきたもののようだった。

「あ、どうも」

ぎこちなく頭を下げたが、女の人はそれ以上のことは言わず、目礼だけを返して一列離れたテーブルに席を取った。聡一の場所からは斜め向こうに姿が見える。

総務の人かな。

聡一が仕事をするバラックは男ばかりだが、朝、おしくらまんじゅうのようになって通勤してくる従業員の中には、数は少ないが女性の姿もある。彼女らがどこでどういう仕事をしているかは知らないが、事務仕事をするなら総務あたりかと見当をつける。聡一の母も、郵便局でやっているのは、簡単な事務とお茶出しらしい。

「いただきます」

麦ごはんをかき込みながら、ちらっと女の人を見る。作業服が似合わないほど若く見えるのは、短めのおかっぱのせいだろうか。

「何を見てんだ」

だしぬけに声をかけられて、

「ぐえっ」

聡一は思わず飯を喉に詰まらせそうになった。声をかけてきたのは、池藤だった。

「い、いえ。別に」

飯を飲み下し、湯呑の茶を口に含む。玄米茶だった。後味が香ばしい。

「池藤さんも昼飯今からですか。忙しかったんですね」

「あ、ああ。まあ、そうだ」

言った聡一に、池藤はぎこちない返事をしたかと思うと、ことさらに声を張った。

「忙しいさ。毎日、昼飯もままならない」

そうしておいて、ちらりと視線を流した。視線の先には、先ほどの女の人がいる。

「い、いや。どうかね、仕事は」

視線を追っている聡一に気がついたのか、池藤はごまかすように質問をしながら、聡一の隣に座った。

「はい。初めは何をしにきたのかわかりませんでしたが、今は自分が何をしているのかわかります。でもそれが何になるのかは、わかりません」

「はあ?」

正直なところを言ったのだが、池藤は「意味がわからない」というように首をすくめた。

「みんな殺気立っとるだろう」

池藤は弁当を広げながら聞いてきた。どことなく愉快そうな声音だ。

「はあ、そうですねえ」

聡一は、昨日のことを思い出す。芋畑にいたころこそ呑気だったが、研究所は丁々発止《ちょうちょうはっし》の議論や、喧々囂々《けんけんごうごう》の怒号があふれている。それもこれも、仕事に対する熱意ゆえだとはわかっているが、まだ慣れない。

「特に木崎さんは今、鬼と化してるらしいからな」

「ほう、なんすか」

大根の味噌を飯にのせて口に入れ咀嚼《そしゃく》しながら返事をする。

「今回は公職追放を免れたが、やっきになっているんだな。またいつ職を奪われるようなことがあるかもしれないから、少しでも計画を進めたいんだろう」

池藤の返答に聡一は、慌てて口の中のものを飲み込んだ。知りたい情報だ。

「木崎さんは何をしようとされてるんですか」

勢い込んで聞いてみたが、池藤は鼻をつんとそむけた。

「知らん」

「……」

「しかし、あの人はこだわりが強いらしい。気に入らないと何度でもやり直しをさせられるそうじゃないか。しかも鉄道組のやり方なんか一切理解しようともしないっていうから、昔からいた者はたまらんよ」

ひそめるような声で非難しながらも、池藤の視線はちらちらと動いていた。やっぱりさっきの女の人だ。

なるほど。

疑うべくもない池藤の心情を確信して、同じ方向を見た聡一は、「あっ」と声を上げた。

女の人は食事を終えたらしく、弁当のふたを閉じていたのだ。

速い。

先に箸をつけた聡一の弁当箱には、まだ三分の一ほどが残っている。

女の人はテキパキと弁当箱を布に包み、立ち上がった。

「軍上がりの人たちは、高圧的だからな。民主主義の世の中になったのに、あれではな」

池藤の声は一段高くなった。

「あれでは人はついてこないよ」

声高に言いながら、ぐいと胸を反らせる。

立ち上がった女の人が足早に通り過ぎるとき、軽く会釈をしたので、

「さっきは、ありがとうございました」

聡一は礼を言った。

「いえ」

女の人は微笑んで去った。そのとたん、池藤がぴくんと反応した。

「ありがとう？　さっきは？」

「いえ、茶を分けてもらったので」

「茶？」

「はい。もうやかんの中に何もなかったので、水筒の茶を分けてくれました」

「越川《こしかわ》さんがきみに茶を？」

「え、ええ」

聡一がうなずくと、ぽかんとしていた池藤の顔に赤みが差した。

「越川寧子《やすこ》さんが、茶をくれたって言うのか。自分の水筒から」

「え？　ああそうですけど」

「……」

池藤は動きを止め、突き刺すような目で湯呑を見つめた。湯呑が割れそうなほどの強い視線だ。

聡一は少し腰を引き、弁当をかき込んだ。きっと越川寧子はゆっくりと食事をする時間も惜しいほど忙しいのだろう。自分にだって暇はない。

今日中に鉄道模型をすべてつくらなければ。

残りの弁当を口いっぱいに詰め込んで、咀嚼する。粗くかまれて合わさった大根といりこと飯を腹に収めながら、空になった弁当箱と箸箱をきんちゃく袋の中に突っ込んだ。

そして、湯呑の茶をぐいっと飲んだ。

「あっ、茶を飲んだ」

池藤が声を上げるのと同時に席を立つ。

「ではお先に失礼します」

聡一はあたふたと食堂を辞して、作業場へ戻った。


終業のサイレンが鳴るまでに、鉄道模型は完成した。

「よし、いいだろう」

木崎から合格の判定をもらい、外に出たときはすっかり暗くなっていたが、聡一の心は明るかった。えも言われぬ充足感に満ちていた。

帰途に就く人の群れに交じって門を出ながら聡一はきょろきょろとあたりを見回してみた。ふと寧子のことを思い出したのだ。自分に茶を分けてくれた、越川寧子。仕事終わりの満ち足りた心が思い出させたのかもしれないが、もしかしたらずっと明るい気分を抱えていたのかもしれない。その証拠に、午後からの仕事の方がずっとはかどった。

しかし残念なことに、人波の中には寧子の姿は発見できなかった。

途中、駅の方向へ行く人波から離れて、聡一は分かれ道を一人歩く。家までは急ぎ足でも二十分だ。自転車でもあれば少しは楽だろうが、戦争末期の金属回収の際に取られてしまった。

あれをどうにかしてみるかな。

家には自転車がもう一台あるにはある。しかしサドルは取れ、金属部分はさびついていて、回収を免れたような代物だ。両輪がパンクしているのはもちろんだ。

「おおっ、寒い」

焼け野原から生き返り始めている関東平野を走ってきた北風が、首元をぴゅーっとなでて聡一は首をすくめたが、挑むように足を速めた。

そうして大股で地面を踏みしめながら、家が見えるところまできたときだった。

「母さん」

聡一は前方を歩く母親の後ろ姿に気がついた。母もちょうど仕事から帰ってきたところだろう。だが、走って行って声をかけようとした聡一は足を止めた。母の足がぴたっと止まったからだ。

どうしたんだ?

立ち止まった母は、そのまま動かなかった。何かに気がついたか、誰かを待っているのかとも思ったが、そんな様子はない。ただ立ち止まっている。後ろ姿なので表情はうかがえないが、母は身じろぎもしないで家を見つめている様子だ。

聡一はつい息をひそめた。なんとなく声をかけるのがはばかられるような雰囲気があった。

しばらくそのまま動かなかった母が、また歩き出し、聡一もつられたように歩き出す。だが、母との距離は詰められなかった。距離を保って歩く母の背中はやがて、

「ただいまー」

という明るい声と共に、玄関に吸い込まれた。

3

聡一のつくった鉄道模型の用途がわかったのは、研究所の仕事にも慣れたころだった。ただし、なされた説明に含まれる語彙は、聡一の知識の中にはないものだった。

この日、仕事を終えた後、簡単な打ち合わせで木崎が言った。

「明日の終業後、これらの木型で風洞《ふうどう》実験を行う」

風洞実験？

わからない単語が、口をついて出かかるのを、聡一は我慢して胸の内で反芻した。

在学中のほとんどは奉職についていたとはいえ、挙句中退してしまったとはいえ、

曲がりなりにも工学を志した身だ。この専門用語がわからないとは具合が悪い。なんとか冷静な顔を保ち、うなずいた。

「以前、木の葉がなびく様子で、風の流れを見た者もいるが、今回は模型を使って風洞実験を行う。簡易的だがな」

ああ、あれは実験材料だったのか。

木の葉採集を思い出し、続く木崎の説明に耳を傾ける。

「空気抵抗の問題は重要だ。車両設計の最も基本となる主電動機の出力を決めるにあたり、大きな因子となるものだ。まずはこの問題を解消しなければ設計図がかけない。一刻も早く越えるべき第一関門だ」

「わ、わかりました」

詳しい説明は理解できなかったが、まずは設計図ということらしい。そして、設計のためには空気抵抗の問題は外せないということはわかった。

早く設計図を完成させるために、木崎は鬼と化していたのだと、聡一は推測した。

「車体の曲面のカーブ一つ、運転台の窓ガラスの角度一つの違いで、空気抵抗はがらりと変わる。抵抗を最小限にしなければ、夢はかなわない。我々が目指している時速200キロとはそういう世界だ」

時速200キロだって！

単語がまさに猛スピードで飛んできて、聡一の胸にめり込んだときだった。

「ふっ」

小さな失笑がもれた。

「誰だ、今笑った者は」

「ああ。これはすみません。あまりに馬鹿げた速さだと思ったので」

木崎が声の方に視線を投げると、失笑の主は慇懃無礼《いんぎんぶれい》に言った。鈴木だった。以前「安全が第一だ」と、聡一に言った男だ。年は木崎と同じだが、戦前からいる鉄道技術者だろう。

「馬鹿げただと？」

「はい、途方もなく馬鹿げています」

鈴木は、冷ややかな目をしていた。

「だって現在いちばん速い特急の『燕《つばめ》』でさえ、最高時速が95キロくらいですよ。私は、その開発にさえ、先輩たちが相当な苦労をしたことを知っています。それなのに時速200キロなんて、どう考えても常識を外れている」

木崎の理論は、鈴木の経験値からはずいぶんずれたものらしい。

確かに時速200キロと初めて聞いたとき、聡一も耳を疑った。通常利用している列車の時速は速くても60、70キロくらいのものだろう。その倍以上もの速さを生み出す乗り物を、この研究所では開発しているというのか。

研究するのは新たな電車だとは思っていた。それは従来のものよりも性能が良いものだろう。それでなければ意味はない。けれどもまさか、時速200キロとは。

嘘だろう？

実際、戦争が終わった街角には、「ひと粒で三食分の満腹感」と銘打った怪しげな食品や、「一円が一月で三百円に」などというまい投資話があふれている。その類のものだろうか。

比喩か？　まさか、詐欺？

だが木崎は答えた。

「外れてはいない。理論的には可能だ」

つとめて静かな口調だったが、怒りを抑えているのか、声は少し震えていた。

すると鈴木は挑発するようにこう言った。

「木崎さんの論文は、はったりだってみんな噂していますよ」

「何だと」

木崎はかっと目を見開き、今にも鈴木につかみかかりそうになった。

「き、木崎さん」

いきり立った木崎の胸元に、聡一は飛び込むようにして止めた。一瞬足がすくんだのだが、ほかに誰も止める素振りを見せなかったのだ。

聡一が身を呈したかいあって、木崎は少し落ち着いたようだった。聡一の手を放すと、木崎は自分を戒《いまし》めるように深く息をついた。そしてまた、大きく声を張った。

「ともかく明日の風洞実験で方向性だけでも決める。馬鹿げたことだと思う人間は実験に参加しなくてもいい。本気の人間にしか常識は破れない」

言い置いて木崎は出て行ってしまった。

「木崎さん」

心細く見送っている聡一に鈴木は言った。

「いつものことだ、ほっとけ」

「そう、なんですか」

恐る恐るたずねると、ほかの所員も口ぐちに言った。

「そう。無理難題を振りかざしているくせに、無理を指摘されると、激怒する」

「勝手な人だ」

「しかも変人だ。東京から大阪までを四時間半で結ぶなんてことを本気で言うんだ」

「よ、四時間半？」

思わず聞きかえした声は、頭の先から出たように感じた。聡一は一瞬聞き違えたかと思ったが、鈴木は薄ら笑いを浮かべていた。

「驚くよな。素人だって驚くんだから、技術者の俺たちは仰天したよ。とても正気の沙汰とは思えん」

「木崎さんは飛行機をつくっていたからな。地べたも空も同じだと考えてるんだろう」

「飛行機の技術をそのまま当てはめようとしたって無理だ。夢物語なんだよ」

高笑いをしながら、鈴木も数人の仲間たちと出て行った。

はあ〜、四時間半。

聡一は、思い浮かべてみた。

自分が朝起きるのが六時。それから着替えて食事を済ませ、歩いて研究所に着き、体操を行って始業のベルが鳴るのが九時。ここまでで、ちょうど三時間。それから仕事を一つ片付けて、まだ昼にもならない間に、東京を出た電車は大阪に到着しているというのか。

聡一はくらっとする。時間と距離の整合性が取れない気がした。何かがどこかで消えている。

夢物語。

鈴木の言葉を反芻してみる。確かにそうかもしれない。

しかし。

そこに木崎の姿を重ねてみて、聡一は首を横に振った。この数日の間垣間見ただけでも木崎は、ひたすらに一所懸命だった。のんびりと芋を蒸かしたり、端《はな》から「無理だ」と決めつけてあきらめている職員の中で、木崎は全身全霊で仕事に取り組んでいた。

本気。

粘土をこねる力が込もった腕、口角泡を飛ばして議論する鋭い目つきに、いかがわしい光は一切なかった。一心不乱の熱意しか感じられなかった。

たしかに、時速200キロで、東京大阪間を四時間半で結ぶというのは、常識外れかもしれない。けれども。

時速200キロという荒唐《こうとう》無稽《むけい》にさえ感じる速さに挑む木崎の姿を思い出し、改めて聡一は胸の炎を熱くする。

木崎は言った。

〝本気の人間にしか常識は破れない〟

気がつくと、聡一は一人で部屋に立っていた。誰もいなくなった部屋をひとわたり眺めてみる。

鉄道研究所は新しい電車を製造するための研究をするところだ。あらゆる実験や試験を行い、集めたデータを基に、どういう設計でどんな技術を使えばいいかを研究するところ。その基が、技術者たちの思いの中にある。

時速200キロ。

家に帰ったら風洞実験について調べよう。

聡一は、窓際の机を見つめた。


〝風洞とは、人工的に小規模な風の流れを発生させ、実際の流れを再現、観測する装置、ないしその施設。〟

〝この施設を使った実験では、局所的な風速や圧力分布や力、トルクの計測と流れの可視化ができる〟

〝それにより数値計算ができる〟

その日家に帰った聡一が、大学時代の教科書や資料を片っ端から調べて得たことは、以上のことだった。

理解が行き届いているとは思えず、心細くはあったが、次の日、聡一は風洞実験を楽しみに職場に向かった。だが、実験に残ったのはわずか十人ほどだった。聡一を除けば皆、軍から移ってきた技術者ばかりだが、想定していたことらしく、木崎は淡々と風洞実験の準備を始めた。

「これが実験装置ですか」

簡易実験と聞いてはいたが、バラックの隅に持ち込まれた設備に、聡一はややがっかりした。主要な実験道具は、ただの箱だったのだ。

穴のあいた木箱の中に模型を入れ、穴から扇風機《せんぷうき》の風を吹き込む仕組みだ。風の流れがわかるように、石炭を燃やして煙がつくられた。

「軍には立派な設備があったがな」

「これでも用は足りる。これが今後の方向性を決める第一歩だ」

苦笑いをしながら不足を言う仲間に、木崎は微笑んでいるようですらあった。設備の不足よりも、前に進めることの方が嬉しいようだった。

「では始めよう」

はりのある声とともに、実験は始まった。

「はいっ」

聡一も初めての実験に、高鳴る胸を抑えつつ返事をした。

実験自体はさほど難しくはなかった。箱の中に模型を一つずつ入れて、扇風機の風を送り、風の流れを確かめる。普段の生活では空気の流れは揺れる木々や吹き流しで確かめるくらいだが、煙にすれば目に見える。

「なるほど」

昨日の晩、テキストに〝流れの可視化〟という文言があったが、実際に見て納得した。簡単なからくりだし、当たり前といえば当たり前だが、風を目視できたと思えば、感動的ですらある。

しかも、その風に抵抗を与えているのは、自分がつくった鉄道模型だ。聡一は、我が子の晴れ姿を見るような誇らしい気持ちにもなった。

「よし、いいだろう」

すべての模型で風の抵抗を見定めた木崎は言った。聡一にはどの模型が、いちばん抵抗が少なかったのかよくわからなかったが、経験豊富な技術者たちは一定の結論を見たようだった。

記録を整理するために場所を移した木崎たちと別れ、聡一は一人実験の後片付けをしてバラックを出た。外はすっかり真っ暗だった。

「寒いな」

おまけに気温もぐっと下がっている。聡一は首をすくめるようにして歩き始めたが、すぐに立ち止まった。

あ、あれは。

三十メートルほど前方に、木崎の背中があったのだ。

折しも満月で、煌々《こうこう》とした光に照らし出されている。

「木崎さん」

聡一は思い切ってかけよった。

「お疲れさまでした」

普段ならば、自分から声をかけるのもはばかられるような相手だが、体が勝手に動いてしまった。

近寄りがたいばかりだった木崎が、今日はぐっと近くに感じられた。曲がりなりにも一緒に実験をやった一体感のようなものが、聡一の体を満たしていた。

「ああ、ごくろうさま」

あにはからんや、木崎も穏やかな声で返してくれた。

「思いのほかいい数値が取れた。きみの模型のおかげだ」

「そんな」

褒め言葉までかけてくれ、恐縮してしまったが木崎は笑顔だった。

「これからこの模型を基に、モノコック構造の模型をつくり、さらに実験を深める」

「モノコック構造？」

「ああ。全部を同じ軽い素材でつくり、全体で強度を持たせる構造だ。今の鉄道車両よりもずっと軽量化が見込める。飛行機に使う構造だ」

飛行機！

聡一はつい、興奮して言葉を続けた。

「そういえば、木崎さんは、零戦《ぜろせん》をつくっていたんだそうですね。桜花とか有名な……」

「……」

だが、質問の途中で木崎の顔から笑みが消え、聡一は焦った。

なにか不用意な発言だっただろうか。

途中で言葉を引っ込めて、自分の発言を検証していると、木崎が低く返事をした。

「……ああ」

軽くうなずき、しばらく黙ったのち、ひび割れたような声を出した。

「正確に言えば零戦ではないが、海軍航空技術廠《こうくうぎじゅつしょう》で軍用機を設計した」

木崎は、表情こそぴくりともさせないが、こみ上げるものを押し戻しているようにも見えた。

そしてそれきり黙ってしまった。何かを考えるように、うつむいている。月の光が、木崎の目元に影をつくっていた。

「なんか、すみません」

いたたまれなくなって謝ると、木崎はやっと顔を上げた。

「いや、大丈夫だ」

自分に言い聞かすように強くうなずき、歩き出した。

「きみは戦争には？」

木崎の言葉に聡一は不意打ちを食らった。

「……」

胸に切りつけられたような痛みが走った。戦争に行っていないことの、負い目を捨て去ることはできない。戦争は多大な損失を生み出した。人も物も心もずたずたにした。なのに、まったく正当性を見出せなくなってもなお、行けなかった事実が、聡一を責めることがある。「役立たずめ」と。

志願したものの視力が悪く、兵役にはつけなかった。明るい性質の聡一のこと、当時は仕方ないとあきらめたものの、傷がすっかり消滅したわけではなかった。戦後の再生のために使命を見出してからも、ふと思い出すことがある。戦死した父や、少年兵となったまま帰ってこなかった友人たちのこと。そのたび胸が痛む。

「……行っていません。私は視力が悪いので、徴兵検査に、……受かりませんでした」

出しづらいところから、必死に言葉を絞り出す。すると木崎の表情はどこか柔らかくなった。

「そうか。それはよかった」

「よかったですか」

すがるような声が出た。聡一が物心ついたときには日本は戦争をしており、子どもたちはみな、日本の勝利を祈る軍国少年少女だった。聡一も例外ではなかった。

戦いに参加して手柄を上げることこそ、人生の目的であると信じていたから、父が出征したときも誇らしかった。いつかは自分もと思っていた。

それだけに、成しえなかったとき、聡一は大いに傷ついた。自己嫌悪と劣等感にさいなまれたばかりではない。近所の人が「役立たず」だと噂をしているのも聞いた。

けれども木崎は、そんな自分に「よかった」と言ってくれているのだ。

「よかったですか」

もう一度たずねてしまう。

「ああ、よかった。私は情けなかったよ」

「え？」

にわかには理解できない発言を追いかけるように、聡一も足を速めて追いついた。東京帝国大学を出て海軍航空技術廠に入り、爆撃機をつくったエリート中のエリートである木崎に、情けないことなどあるのだろうか。戦争に敗れたことだろうか。

だが、木崎の答えは違っていた。

「本当に情けなかった。こんなに大勢の人が死ぬのなら、軍用機などつくらなければよかったと思った。設計などしなければよかったという思いがこみ上げて、やりきれなかった。できるものなら、自分の過去を消し去りたい」

聡一は戸惑った。

「でもそれは」

必死で言葉を探す。

「仕方なかったことではないですか。木崎さんの責任ではないですよ」

そうとしか言いようがない。日本は戦争をしていたのだ。その中で木崎は職務を全うしただけだ。

「しかし、私のやったことが重大な結果を生んでしまったんだよ」

木崎は言った。静かだけれど氷のナイフのような鋭い声だった。

「……」

聡一は押し黙る。

「私が持ちうる技術のすべてを投じてつくった飛行機で、若いパイロットたちが死んでいった。皮肉なことだよ。もっと速く、もっと強くが、パイロットの命の危機を高めることになってしまったんだ。速く敵地に着くために軽くした機体が、戦士を危険に近づけることになった。特に、物資が粗悪になった末期の機体はひどいものだった」

吐き出すように言葉をつなぐ木崎の声は震えていて、聡一は恐ろしいような気持ちになる。

「……そんな」

なんとか否定しなければと思うが、ふさわしい言葉が出てこない。自分の中にはないのだ。

「木崎さんは悪くないです」

同じ言葉だけが聡一の口元を上滑りした。

「……すまない」

もどかしい聡一の心中をおもんぱかるように、木崎は首を振った。

「きみに聞かせるような話ではなかったね」

諦めるように言いながら、木崎は口角を無理に上げた。

「私はだから、鉄道技術研究所へ来たのだ」

骨の通った声で言う。

「鉄道総局で新しい列車を開発するという話を聞いたときは、これだと思った。飛行機や船では他国との戦争に使うことになりうる。だが、国内の陸を走る鉄道ならば、その心配はない。私は平和な乗り物をつくりたかった。戦いを生み出さない、美しくて安全な希望の乗り物をだ。自分の残りの人生は、戦後の復興のために、そして平和のために捧げようと思った」

改めて誓いを立てるように言い、木崎は月を仰いだ。だが、すぐに目を伏せた。自分には上を向くことも許されていないのだというようで、聡一はたまらなくなる。戦争は、人の命だけではなく誇りやアイデンティティまでえぐり取るのだ。

「手伝います」

宣言するように言うと、聡一自身も今、やっと許されたような気になった。長く苦しんでいた自己嫌悪と劣等感から、抜け出せるかもしれない。いや、抜け出したい。

「平和を運ぶ乗り物をつくりたいです」

まっすぐに木崎を見つめると、木崎もまたすっと視線を上げた。受諾なのか拒否なのかわからないさみしそうな目をしていたが、歩き出した背中はしゃんと伸びていた。聡一も続く。

「私も戦争で失われたものを取り返したいと思って研究所に来ました。たくさんの人も物も失われてしまったけれど、なくなった後には、必ず生まれるものがあるはずです」

「……」

木崎の大きくて鋭い目が聡一を捉えた。

「すみません。生意気なことを言いました」

「いや」

木崎は少し笑った。穏やかな笑顔だった。

「一緒に美しい列車をつくろう」

空地にひしめくバラックが月明かりに照らされていた。

4

聡一が鉄道総局で働き始めて、三か月がたった。

「おっ、自転車じゃないか」

その日の朝、家族より一足先に外に出た聡一は、玄関の前にあった自転車を見つけた。傍らには祖父がいて、手渡すようなしぐさをした。

「通勤に使うといい」

「おじいちゃんが修理を?」

「不格好だが、用は足せるだろう」

「へえ、すごいね」

聡一はしげしげと自転車をながめた。お世辞にも、新しいともきれいだとも言えないが、自転車に必要な部品はすべてついている。タイヤ、ハンドル、サドルはもちろん、ブレーキレバーもちゃんとあった。少なくとも、もう金属回収を免れたおんぼろではなかった。

聡一は目を輝かせてハンドルを握ってみた。さびついて今にも壊れそうだった握り手は、木で補強されていて、どこからか見つけてきたと思しきブレーキレバーにつながっていた。無くなっていたサドルは、木型に布を張って再生されており、さびついていた荷台と軸はヤスリで磨かれ、さびが落とされていた。

聡一は早速サドルにまたがった。つぎはぎだらけの自転車だが、歪みはない。タイヤにも空気が充分満ちている。

「すごいな」

口笛の一つでも吹きたいくらいだった。

「ありがとう、おじいちゃん」

自転車から飛び降りて礼を言い、荷台に弁当が入った布鞄を縛り付ける。

「気をつけてな」

「行ってきます」

見送る祖父に答えながら、聡一は意気揚々とペダルをこぎ始めた。

「これは快適だ」

温《ぬく》み始めた風が心地よい。耳を掠める春の足音に合わせるように歌が口をつく。

「歴史を映す隅田川《すみだがわ》〜、若葉のごとき力あり〜。学べよ伸びよ、限りなく〜。望むは高き富士の峰〜」

するりと飛び出してきたのは、なぜか小学校の校歌だった。

自転車のおかげで、十分ほど早く研究所へ着いた。近くの空き地に自転車を置き、門に向かったところで、見覚えのある顔に行き合った。

「あ、えっと、越川さん」

越川寧子だった。

寧子は一瞬怪訝そうな顔になった。

「え？　あ、はい」

自己紹介もしていない相手に急に名前を呼びかけられては、うろたえもするだろう。聡一はなんとか安心させようと、説明を試みた。

「いや、あの、すみません。名前をたまたま知ることになってしまって」

だが、余計に怪しさをつけ加えることになって焦った。

「いや、ほんと。調べたとか、そういうことではないんです。そう思われると心外だな」

口をとがらせながら、おたおたする聡一がおかしかったのか、寧子はやっと笑顔になった。

「いえ、そんなふうには思っていません。同じ会社ですから」

「あ、ああ。そうですね」

ひとまず助かったような気持ちになっていると、寧子がたずねてきた。

「設計班で働いてるんですね」

「まあ、下働きですけど。でも、やりがいがあります。何しろ夢の超特急をつくるんですから」

聡一はつい胸を張ってしまうと、寧子は微笑んでうなずいた。

「新しいものをつくるのは、わくわくしますね」

「ええ」

それきりやや話がとぎれ、聡一は手持ち無沙汰にあたりを見回す。人通りはまばらだった。時間が少し早いだけで、通勤する従業員の数はぐんと少ない。

「早いんですね」

「はい。この時間だと汽車もすいているので」

「汽車ですか?」

「はい」

寧子は答え、「あなたはこれで?」という風に聡一を見た。

「私の住まいは浜松町なので、自転車通勤です」

聡一は言い、

「ああ、遅れましたが、僕の名前は松岡聡一といいます。松竹梅の松に岡山県の岡、聡明の聡に漢数字の一。十九歳です」

とつけ加えた。すると寧子は、はっとしたように目を見開いた。

「松岡聡一さん?」

「え、そうですけど」

何事だろうと首をかしげると、

「松岡さん、総務に呼ばれていました。私昨日の夕方、掲示板に呼び出しの名前を貼りました。正門を入ってすぐのところです。見ました?」

「え、見てないです。何だろうな」

掲示板の仕組みすら知らなかった聡一はぽかんとしたが、何かのおとがめだろうかと、不安にもなった。

「何でしょう?」

「さあ」

内容までは知らないようで、寧子も首をかしげたが、ついでとばかりに早口で自己紹介をつけ加えた。

「私の名前は、越川寧子です。山越えの越えるに三本川、遼寧《りょうねい》の寧に、子どもの子。十九歳です」

「遼寧?」

「はい満州《まんしゅう》の」

「引き揚げの方ですか」

「はい」

尋ねると、寧子はすっと顔をひきしめた。

「では失礼します」

足早に過ぎ去った寧子の背中を見送りつつ、聡一も慌てて掲示板まで引き返した。

掲示板を確かめて、聡一は受付へ向かった。貼られた紙には、寧子の言ったとおり〝鉄道研究所松岡聡一、受付に来られたし。総務部〟としか書かれていなかった。

「おはようございます」

受付のある総務部は、正門にいちばん近い建物だ。研究所のようなバラックではなく、戦前からある立派なコンクリート建てで、戸口を入るとすぐに受付の窓口がある。

聡一は思わず目を走らせた。つい寧子を探してしまったが誰の姿もなく、ますます心細いような気持ちで、窓口に近づいた。

「すみません」

何度か声をかけると、奥から池藤が出てきた。

「あ、おはようございます」

「ああきみか」

「掲示板で呼ばれていたんですが、何でしょう」

「呼ばれた？　ちょっと待って」

池藤は奥から帳面を持ってきて広げると、

「ああ、これだ」

何かを確認したらしく顔を上げた。

「松岡聡一くん、今日からきみは、技術班だ。技術班の助手に入ってくれたまえ」

「技術班？」

「ああ。平林さんのところだよ」

池藤はそう言い、薄い唇を意味あり気に引き上げた。

「なんと」

聡一は聡一で面くらってしまった。昨日風洞実験を終えて、張り切っていたからだ。自分のやった仕事が、具体的な結果をはじき出したことで、これからの仕事をなんとなく実感できた。道のりは遠いだろうが、地道な実験と計算を繰り返せば、木崎の言う「美しくて安全な希望の乗り物」の設計図ができる。しかも時速２００キロの夢の乗り物の。まるで届かなかった想像だが、自分たちがやっていることの延長にそれがあることが、昨日の実験で多少なりとも現実味を持った。

それに。

「自分の残りの人生は、戦後の復興のために、そして平和のために捧げようと思った」

木崎の言葉が胸に浮かぶ。

帰り道で打ち明けられた心情に、聡一は自分も救われたような気になった。そして心が奮い立った。

なのに、その矢先の部署替えとは。

「どうしてですか」

「そんなことは俺にもわからんよ。上が決めたことだから」

池藤は火の粉を振り払うように言った。

「ただ、先だって平林さんは鉄道総局の会議に行ったんだ。そこで島《しま》課長から直々に話があったそうだ」

「島課長って、島秀雄《ひでお》さんのことですか?」

確かめる声が一段高くなる。島秀雄といえば、鉄道人にとっては雲の上の人のような存在だということは、聡一も知っている。

島秀雄。運輸省鉄道総局資材局動力車課長。鉄道技術者として名高い島安次郎《やすじろう》を父に持ち、自らも蒸気機関車D51の設計にかかわった重要人物。

「ああ」

池藤はあごを上げてみせ、

「だからますます張り切ってるんじゃないかなあ。きみも大変だなあ」

ねぎらっているのか、面白がっているのか、細い目を底光りさせた。


その足で研究所に向かった聡一は、まずは設計班に挨拶に行った。木崎はすでに設計図を広げていた。技術班に移る旨を伝えると、やや残念そうな顔はしたものの、「そうか」と答えただけで、すぐに仕事に戻った。昨日の実験結果をすぐに反映させたいのだろう。

美しい列車。

後ろ髪を引かれるような思いで、聡一は技術班のバラックへと向かった。すぐ隣の建物なのに、やけに険しい道のりに感じた。


技術班のバラックは、設計班の内部とはかなり異なっていた。まず、匂い。中に入ると、機械油と金属の焦げた匂いがぷんとした。それから音。金属を削る音が聞こえてきた。ちょっとした工場だ。壁ぎわには旋盤《せんばん》やフライス盤などの工作機械が並び、部屋の中心部分には大きな鉄の台が置いてある。

ここにも二十人くらいの人がいたが、背の高い男はすぐに見つかった。奥の黒板に向かい、何らかの計算をしていた。

「本日より、こちらでお世話になることになった松岡聡一です。よろしくお願いします」

挨拶をすると、平林静一はちらっと聡一を見やり、わずかに首を曲げたのち、すぐに黒板に目を戻した。挨拶をするのも時間がないというようだ。

「私は何をしたらよいで……」

「ここではどんなことをしているか知っているか」

たずねかけた聡一を遮るように質問で返してきた。

「あの、技術班と聞いています。具体的にはまだ……」

言葉を濁すと、平林は白墨を振り上げ、コンコンと叩きつけるように黒板に書いた。

振動問題
蛇行動
「わかるか?」

「列車が揺れたり蛇のように曲がったりすることです、か」

「そうじゃないっ」

「え？」

「どうすればこれらを防げるかわかるか、と聞いているのだ」

問われたのは言葉の意味ではなく、列車の揺れと蛇行を防ぐために知恵はあるかということらしかった。

「いいえ、わかりません」

首を振るしかなかったのだが、すると平林は厄介者を見るように目を細めた。

「芋蒸かしなんか、呑気なことをしている場合じゃないぞ」

敷地内の畑では、相変わらず芋の手入れをしている職員もいた。

「え、はあ」

「この研究所は、芋ではなく、列車をつくるところだ」

木崎もずけずけと言うタイプだったが、こちらも負けないくらいに言葉が荒い。しかも上背がある分だけ恐怖すら感じる。

「もちろんわかっています」

いくら素人の助手とはいえ、意気に燃えて研究所の門を叩いたのに、「使えない奴」だとみなされるのは気持ちのいいものではなかった。しかも、本当はもっと設計の現場にいたかったのだ。

思わずむっとして目をそらすと、隣に不機嫌そうな目があった。若い男だが、何か言いたげな顔をしている。鏡に映った自分を見たような気になって、聡一は平林のそばを離れた。

「平林さんはいつもああなんや」

すると先ほどの男が追いかけてきて言った。関西のアクセントだった。

「俺らをばかにしとんのや」

男は鼻を鳴らした。作業帽を横っちょにかぶり、すそが床につきそうに長いズボンをはいている。だらしない印象ではあるが、くりっとした目と二本の大きな前歯のせいで、ちゃめっけのある顔立ちだ。聡一よりもすこし年上に感じた。

「なんてったって、海軍出身のお偉いさんやからな。俺らになんか洟も引っかけへんのやろ」

男が、唇をたこのようにとがらせると、向こうから戒めるような声がした。

「リス、それくらいにしとけよ」

声の主は、壁際の旋盤機の前にいた。初老の男だ。やせ形で、作業帽からはみ出た髪は白い。六十歳くらいだろうか。男は旋盤をかけていた。じっと切断面を見つめ、シュルシュルシュルシュルーと小気味良い音を響かせている。

「だってコンさんほんまのことやないですか。あの人、わしらの言うこと聞く気もないやないですか」

リス？　コン？

動物を想起させる呼び名に戸惑っていると、愛敬のある小動物の方が、自分たちの紹介をしてくれた。

リスのほうが栗栖三郎《くりすさぶろう》二十三歳、コンが、近藤太吉《こんどうたきち》五十八歳。どちらも技術班で、鉄道の部品をつくっているのだという。特に近藤の方は、十五歳のころからこの道四十三年の、熟練の旋盤工ということだった。この研究所では、新列車開発の試験のために使う、列車の部品などをつくっているという。

「広軌《こうき》、広軌って、そんなまじないみたいに唱えたところでどうにかなるもんやないわ。日本の鉄道は狭軌《きょうき》なんやから。大阪からこっちに来るときのレールもずーっとそうやった。まじないどころか、あんなん狭軌の罰があたるんやないか。これがほんまの狂気の沙汰やで。なあ」

リスはうまいことを言ったとばかりに、目をきょろっとさせたが、同意を求められたところで、聡一は戸惑った。内容がさっぱり理解できないのだ。

「もしかしてお前、広軌も狭軌も知らんのかいな？」

リスは大きくした目を光らせた。面白い遊び道具でも見つけたような目だ。「ひとつこの無知な新入りで遊んでやろう」というやる気が見えた。

「リス、さっさと自分の仕事に戻れ」

すると、コンさんが顔を上げた。部品を一つ削り終えたようで、旋盤のペダルを踏む足も上げると、大きな声を出した。

「さっさとこれを磨け」

「あ、はい」

一喝されてリスは、上体をはねさせた。だがはねたのは上体だけだった。動きに感じた違和感は、じきにわかった。リスは左足が不自由らしい。両手を揺らして弾みをつけ前に出した右足を、一瞬遅れて左足で追いかけた。戦争で悪くしたのか、足のせいで戦争に行けなかったのか。

ともかく独特なリズムで旋盤に向かうリスをコンさんは見届けた後、聡一に向かい「こっちに来い」というようにあごを動かした。

「はい」

後を追うように従うと、コンさんは中央の大きなテーブルで足を止めた。

「すごい。鉄だ」

聡一はそのテーブルを見て思わずうなってしまった。分厚い鉄でできているのだ。金属回収により、とんと鉄にはお目にかからなくなっていたから、あっけにとられてしまった。

こんなに立派な鉄の塊が日本にまだあったとは。

前日までいた設計班の机はどれも木製だった。念のため首をのばしてバラック内を確認したが、ほかのテーブルは木製だ。

コンさんは言った。

「この鉄の盤は、定盤《じょうばん》というんだ。これがすべての作業の基盤となる。定盤がなくては話にならん」

聡一の胸の内を見定めたのだろうか、少し誇らしげな声だった。

「ほら見てみろ、狂いのない完璧な水平だ」

コンさんが目を定盤が同じ高さになるように腰をかがめたので、聡一も真似をして表面を見た。

「なるほど」

真っ平らだった。しかも鉄は分厚くていかにも頑丈そうだ。

これが基本の基か。

妙に感慨深い気持ちになる。戦争に負け、すべてがひっくり返ってしまった。昨日まで正しいと思っていたものが悪となり、人は心のよりどころを失った。弟たちの教科書は、墨で真っ黒だ。大人も子どもも物心両面の心棒を失って大混乱している。

だからだろうか。この分厚くて完璧にまっすぐな板が、聡一の心にすっぽりとはまったようになった。自分は確かなものを欲していたのだとわかる。すかすかしていた心に一つ確かな重みをもらったような気持ちだ。

「いいですね」

心から言うと、コンさんもうなずいた。

「だろ？　俺はこのがつんとした鉄板が大好きなんだ。背筋がぴしっとする」

コンさんは愛おしそうに定盤をなでた。そしてこう言った。

「一度手につけた技術は一生もんだ、裏切ることはない。お前もここに入ってきたんなら、ひたすら技術を身につけろ」

「は、はい」

聡一はすっかり感じ入ってしまったが、コンさんはすでに厳しい顔に戻っていた。

聡一はおそるおそる、鉄の板に手を伸ばしてみた。

「冷たい」

鉄は冬の冷気をため込んだようだった。しかし、なぜだか手が離せなかった。久しぶりの鉄の感触の嬉しさの方が大きかった。

するとと音が聞こえてきた。

シュルルルーン。

コンさんが旋盤を使い始めたのだ。聡一はつい引き込まれるように、定盤を離れ旋盤に一歩近づいた。

シュルルーン、シュルルーン。

なんとも小気味の良い音だ。時折大工仕事をする祖父は旋盤を使うことはなかったが、木材にかんなをかけるところはよく見てきた。器用な祖父がかけるかんなの音は、新鮮な野菜を切る音みたいに耳当たりがよかった。シュルシュルーっと、繊細な音をたてながら、角材の上をすーっとかんなが滑る。するとかんなから薄皮が踊るように舞い上がった。

幼い聡一はその様を見ながら、天女《てんにょ》の羽衣《はごろも》のようだと、幻想的な思いに駆られたものだが、今、目の前で廻る金属から跳ねている粉もまた美しかった。生命を持っているかのように、熱く跳ねている。

「すごいやろ」

なかば見とれていると、リスが横から口を出した。いつの間にかそばにいたらしい。

「はいっ」

「コンさんの腕は特級やからな」

そして少し声をひそめた。

「せやから兵隊にとられんかったんや。国が守ったんや。コンさんがおらんと、日本の技術が廃《すた》れるからな」

真偽のほどは定かではないが、確かに見事な技術であることは、素人の聡一にもわかった。そしてこれが日本の鉄道を支えてきたことも。

「リス。無駄口叩いてないで、仕事をしろっ！」

「はっ、すんません」

コンさんの太い声に、リスはぴょんと跳ねるようにしてまた仕事に戻った。

コンさんは手を止め振り返る。聡一も怒鳴られるかとびくっとしたが、コンさんは聡一に視線を流すこともなく、脇を通り過ぎた。そして定盤の下の棚から何やら紙の束を取り出し、つっけんどんに盤の上に置いた。

「自分で勉強しろ」

「これは？」

定盤に近づく。

「さっきリスが言ってただろう。広軌と狭軌のことが書いてあるらしい。あの班長が持ってきたんだが、わしには何のことだかちっともわかんねえ。お前、読んでみろ」

「はい、わかりました」

「ただしこれだけは言っておく。わしらはずっと狭軌でやってきた。操業以来の伝統だ。伝統には伝統の良さとわけがあるんだ。理屈は技術にはかなわねえ。わかったな」

「あ、はい」

聡一はつき出された資料を受け取った。


昼休み、聡一はさっさと弁当と済ませると、資料を読んでみることにした。ちょうど食堂を出たところに手ごろな石があり、その上で資料をめくる。良い陽気だった。風もなく、こうして日だまりに座っていると、重なってしまいそうになる瞼に気合を入れて読んでみる。

　まず、広軌、狭軌というのは、レール幅のことのようだった。つまり、広軌の幅は広く、狭軌の幅は狭い。

「何のことだかちっともわかんねえ」とコンさんは吐き捨てたが、なるほど難しい説明書だった。聞いたことのない単語はもちろん、数字や記号や、横文字も出てくる。大学受験程度の知識を持つ聡一でも、すべては理解できそうになかった。

　それでもざっとわかったことは、従来、日本の線路は狭軌幅を採用しているということだった。歴史をひも解くと、日本の鉄道の技術は明治時代イギリス人技師のエドモンド・モレルからもたらされた。それにより、レールもイギリス式を採用している。幅1067ミリ。レール幅が狭いことでコストが低く、線路を延長することが比較的簡単になるという説明がなされているようだった。それに対し広軌の方は、1435ミリ以上となっている。

「その代表があじあ号か」

「あじあ号。南満州鉄道の」

　すると、自分の言葉が外から違う声で返ってきて顔を上げた。

「あっ、わっ」

頭上にあったのは、寧子の顔だった。気がついたとたん、肝が潰れそうになった。

「あ、ごめんなさい」

脅かしたつもりもないのに、聡一があまりに驚いたのにたじろいだのか、寧子は後ずさった。

「いや、こっちこそ」

聡一は腰を浮かせて頭をかいた。そのはずみで膝の上に置いていた紙が一枚はらりと落ちたがすぐに寧子が拾ってくれ、ますます恥ずかしくなる。

「あ、あ、すみません」

あたふたと差し出された紙を受け取りながら、聡一は聞いてみた。

「そう言えば、越川さん引き揚げでしたね。南満州鉄道に乗ったことがあるんですか」

「……ええ、まあ」

なぜか寧子は目を伏せた。

「もしや、かの有名なあじあ号？」

「あじあ号には乗ったことはないですけど。では」

寧子は言葉少なに立ち去ろうとしたが、聡一は引きとめた。

「もしかして、越川さんのお父さんは満鉄の職員だったとか？　ひょっとすると技術者？」

勢い込んで聞いてみる。聞きながら先走りすぎた質問だとすぐに気づいたが、どんなヒントでも欲しかった。

だが、寧子は苦笑いを浮かべた。

「違います。うちの父は、満州で米穀店を営んでいました」

「そうですか」

聡一は肩を落とした。そんなうまい話があるとは思っていなかったものの、今の聡一の頭の中は、鉄道のレールのことでいっぱいだ。もはや脳みそは列車の形をしていそうだし、すべてのしわは、線路のごとく平行に並んでいるかもしれない。

「でも、南満州鉄道には乗ったことがあります」

「そうですかっ」

聡一は再び色めき立った。

「どうでしたか、乗り心地は」

平林が広軌を推奨したいのは、広いレールで支えた方が、車体のバランスがいいからだ。大勢の乗客により重量が増えた車体でスピードを出すには、バランスの良さが必須である。

国鉄の列車が頻繁に事故を起こしていることは、聡一も知っていた。脱線はしょっちゅうあるし、中にはカーブを曲がり切れずひっくり返る重大な事故もある。時速100キロ以下でさえ、不安定な走行になるのに、200キロを超えてしまったらどんなに揺れることか。

「……」

答えやすい質問だと思ったが、寧子からの返事はなかった。

「じつは南満州鉄道の線路の間隔は日本のものよりも広いんです。だから乗り心地が違うかなと思ったんですが」

少しかみ砕いて聞いてみたが、それにも寧子は答えない。それどころか表情を固めている。先ほど朗らかに声をかけてくれたときの温かみはなく、凍りついたように硬い。それが自分でも不思議なように、寧子は首をひねり、

「……ごめんなさい」

と、やっと言った。

「……いや、いいんです。乗り心地なんて言われても、わからないですよね」

聡一は補ったが、寧子は曖昧なお辞儀をして、歩き去ってしまった。

その日、聡一は資料を借りて持ち帰った。ざっとしたことはわかったが、もう少しじっくりと読み込んでみたかった。中には「あじあ号」の設計図をもとに平林の試算した新列車の数値も示された資料もあって、興味をひかれたのだ。すべてわかるわけではないと思えたが、数字をこねくり回すのは嫌いではない。聡一は数学には多少腕に覚えがあった。

座敷の隅にちゃぶ台を置き、資料を広げている背中では、弟たちが相撲《すもう》を取っていた。

「うー」

ずとん。

「くっそー」

ばたん。

唸り声とともに、ぶつかりあっては倒れ込んでいるが、そのうち声も音も大きくなってきた。しばらく我慢して資料に向かっていたものの、だんだん苛立ってきた。

「うるさいっ」

「あ、すみません」

賢二はすぐさまあやまり、真三はきょとんと目を丸くしたが、すぐ上の兄に従いこちらもペコリと頭を下げた。

「ごめんなさい」

素直に並んだ二つの坊主頭に怒りも失せ、「お前たち、宿題は終わったのか」とたずねると、坊主頭がそろって左右に振られた。

「じゃあやりなさい」と年長者らしく促すと、「宿題なんかないよ」と言う。教科書は真っ黒で、学校にはガリ版もないらしいから無理もない。

「そうか」

聡一は、立ち上がった。

「よし。かかってこい」

両手両足を開いて構える。父親が生きていたら、きっとこんなこともしてやっていただろう。

「よーし」

「うわーい」

弟たちは目を輝かせて飛びついてきた。

「おっとっと」

手加減なしの勢いで、聡一は倒れ込んでしまった。

「やったー」

「勝ったー」

「痛たたたー。負けたー」

大げさに言いながら、腹に乗った二人の確かな重さが嬉しかった。

5

越川寧子が満州国奉天《ほうてん》へ渡ったのは、一九四二（昭和十七）年十月のことだった。それより二年ほど前にまず父が渡った。満州の好景気を聞いて、ひと旗揚げようとしたのだ。現地で米、コーリャン、もち粟などを扱う越川米穀店を開業させたところで、母と幼い二人の妹が呼ばれた。寧子は九州の小倉《こくら》で祖父母と暮らしていたが、数か月遅れで満州へ向かった。小倉では女学校に通っていたので、奉天の女学校に転校の手続きを取った。

父が出征したからだ。妹たちは、十歳に五歳とまだ幼い上に、母は妊娠がわかったばかりで、無理はできない。越川米穀店はやっと軌道に乗ったところだ。今たたむと大きな借金だけが残ってしまう。それなら自分が手伝おうと、寧子は満州に渡ることにしたのだった。

降り立った奉天は、十月というのに雪が降っていた。小倉の街を出た一昨日は穏やかな秋晴れだったのに、下関《しものせき》から船に乗り、何度も列車を乗り換えてやっとたどり着いた土地の季節は、列車よりもずっと早く進んでいたようだ。

だが寒さなど気にならなかった。奉天の景色の方に寧子の目は奪われた。何もかもがあまりに大きい。目に飛び込んできたすべてに圧倒されてしまった。

奉天駅は複数の線の起点となっているため、乗り場がいくつもあった。そのプラットホームにはそれぞれアールデコ調のしゃれた屋根がついていた。ホームからは街が見渡せたが、建物はどれも大きくて西洋風のつくりだ。西洋の文化は寧子の住んでいた北九州の門司《もじ》港にももたらされていたが、ホームから見えているだけでも街の規模の違いがわかった。

けれどもなんと言っても目を引いたのが、線路に停まっていた、巨大な列車だった。そびえ立つような鉄の塊。鈍く光る頑丈そうな車体の長い編成は、乗り物というよりも建物のようだった。

「すごい」

寧子が目を白黒させていると、

「あ、あじあ号だ」

ホームにいた男の子が歓声を上げた。

ボーッ！

やがてあじあ号は、とどろかんばかりの汽笛を上げて走り出した。

ガタン、ガタン。

力強い音を響かせて去っていく。あっけにとられてその姿を見送っていると、湧き立つような声が自分を呼んだ。

「寧子」

「お姉さん」

「おねいちゃん」

母と妹たちだった。

「母さん、美佐子《みさこ》、洋子《ようこ》」

妹たちは会わなかった間に、すっかり見違えるようになっている。手を伸ばすと二人は毬のようにはねて飛びついてきた。

「大きくなったねえ」

両手を広げてぎゅっと抱きしめた。

「お姉さん、会いたかった」

美佐子は安心したような声で言い、

「おねいちゃーん」

洋子は甘えるように胸元に顔を寄せた。しばらく会っていなかった幼い洋子に、自分の記憶があるかどうか不安だったが、しがみつく洋子に愛おしさが募り、寧子は力いっぱい二人を抱きしめた。

「来てくれてありがとう。長旅で疲れただろうねえ」

そばへ来た母も涙を浮かべていた。寧子が知る限り、母は気丈な人で、泣いていた記憶はない。いっそ父よりも腹の据わったところがあった。

母が泣くなんて。

慣れない外地で夫が出征してしまい、幼い子どもを抱えて、よほど心細かったのだろう。おまけに妊婦だ。けれども母は母で、寧子への心配を口にした。

「こんなにやせてしまって、日本ではあまり食べられなかったんだろう。体は大丈夫かい？」

「うん。大丈夫」

寧子は母を力づけるべく、力強く返事をした。両腕でしっかりと妹たちを抱きしめ、右手で母の手を握る。オーバーコートも着ていない体には奉天の空気は冷たかったが、三人の体温が寧子の体を温めた。

この地で頑張ろう。

胸の底から、家族を支えなければという気持ちがこみ上げてきた。


満州は日本と同じだと聞いていたけれど、寒さをはじめとして、勝手が違うことも多かった。まず、空気が違った。奉天の風には黄砂が混じっていて、いつもざらついていた。それから、風景。店や住まいがあったのは、日本人地区だったが、家のつくりが木造ではなくレンガや石でできていた。家の中も日本ではお目にかからない暖炉などが設置されていた。もちろん行きかう人々の感じも違う。日本人は多いものの、満人もいて、衣服やたたずまいの違いが気になった。

いちばんぎょっとしたのが、馬車から男の人に抱えられておりてきた女の人を見たときだった。年配の女の人の足が、道端に転がる小枝のように小さかったのだ。

中国に纏足《てんそく》という風習があるのは聞いたことがあったが、実際に見ると異様なものだった。

「女が逃げないように、歩けなくしたんだよ」

纏足の足を見たことを報告すると、母にそう教えられ、体じゅうを怖気《おぞけ》が巡った。

しかし慣れてくると、思っていたよりもずいぶん楽しかった。少なくとも物資面は日本よりもはるかに豊かで、特に家には主食が売るほどある。白米は毎日充分に食べられたし、コーリャンやもち粟などの穀物の種類も多く、日本にいたときのような、空腹の辛さはなかった。ただ、寧子は何を食べても太らない体質らしく、いつまでたってもやせっぽっちのままだった。

「食べさせがいのない体だねえ」

母親は嘆いたが、何も体を素通りしているわけではなく、寧子には食べた分だけ気力と体力がつき、店の仕事を覚えるのに精を出した。早朝から起き、開店準備を手伝ってから学校へ通い、帰ってくるとまた店に出た。


店は順調だった。越川米穀店は周りの店に比べて開業が早かったため、農家や組合との信頼関係がすでに深く構築されていた。そのため、品質の良い商品が集まってきた。なんといっても米は日本人の主食である。ほかの日本人街からも、おいしい米を求めてわざわざ客が来るほどだった。

あえて不足を言えば、従業員のことだった。店には日本人のほか、満人が一人、家のほうに二人の満人が女中として働いていたが、この三人がそろいもそろって怠け者なのだ。

店の従業員はショーハイと呼ばれる少年で十三歳。家のほうには、アマと呼ばれる寧子よりも年長の女性と、クーニャンという寧子と同年代の女の子。

「ショーハイ」「アマ」「クーニャン」は、それぞれ働き手の呼称で、ショーハイは配達と穀物の袋の仕分けなどを担当し、アマとクーニャンは、従業員や家族の食事の支度や、家の掃除などを担当していたが、三人ともちょっと目を離すとさぼっている。ひどいときは、朝遅れてやってきたショーハイが、そのまま穀物の袋を枕に寝てしまっていたことがあった。

「どうして働かないの？」

寧子がたずねると、

「疲れるからだ」

とショーハイは片言の日本語で言った。悪びれたふうはなかった。さらに、「俺はまだいいほうね」とも言った。

「もう一人いた。やつは枕を持って帰ってしまったね」

店にはもう一人、ショーハイが働いていたが、そちらは昼寝用の枕をそのまま持って帰ったそうだ。つまり、米を一袋盗んで行ったという。しかもそのままやめてしまった。

「なんてこと」

この話は寧子の使命感のエンジンに油を注ぐことになった。

私がしっかりしなくては。

それ以来、寧子は母に代わって店を切り盛りすることになった。すると高齢出産のためか、つわりが重く店に立てないことが増えていた母も、安心したのか元気になり、二人でいっそうはりきって仕事をした。

寧子は仕事が好きだった。戦地にいる父のこと、内地に残してきた祖父母のこと、せっかくできた女学校での友達のことなど、十五歳の胸の内には、心配ごとや思い悩むことも多かったが、仕事をしているときは、それらをすべて忘れることができた。

仕事とはなんてありがたいんだろう。

レンガ積みの倉庫と石づくりの店や家をこまネズミのように行き来しながら、寧子は実感するのだった。

やがて年は暮れ、寧子は満州で初めてのお正月を過ごした。戦地から、一時父親も戻り、久しぶりにそろった家族に、妹たちは大喜びだった。

台所では日本のおせち料理のほか、アマに教わりながら、豚肉の入った蒸しまんじゅうや粽《ちまき》もつくった。もち粟でつくった粽は、プチプチとした歯触りが楽しく、みんなで囲む食卓をいっそう明るいものにした。

暖炉の燃える暖かな部屋でおいしい料理を囲み、いっときの和やかな時間を過ごした後、父は再び戦地に赴いた。

主のいない心細さはもちろんだが、寧子を苦しめたのは、本格的な冬の寒さだった。九州育ちの寧子には満州の凍てつくような冷たさは未体験で、手足の指がすべてしもやけになってしまった。普通に生活をしているだけであかぎれる手に日本の軟膏を塗り込みながら、それでも寧子はやはり、ちょろちょろとよく働いた。

やがてしつこく居座った冬がやっと北に戻り、南から温かい空気が上ってきたころ、越川家に新しい命が誕生した。

おんぎゃあー。

「男の子ですよ」

取り上げた産婆さんを手伝い、寧子は産湯《うぶゆ》を使わせた。生まれた子は、豊かな満州に生まれたことを祝って、満生《みつお》と名付けられた。

一九四三（昭和十八）年、五月のことだった。

技術班に配属されてから、三か月ほどがたち、だんだん聡一は仕事に慣れてきた。部品そのものは、まだつくることはできなかったが、磨きの作業はさせてもらえる。手先の器用な聡一は、研磨機もすぐに達者に使えたし、測定も正確にできた。ノギスと呼ばれる測定器で、切削した外径や内径を測るのだが、寸法測定に細かな精度が要求される。目測の勘がよく、計算も確かな聡一は、仕事が速いと歓迎された。

「お前、なかなか使えるな」

旋盤を回しながらコンさんが頼もしそうに言うのが、聡一はちょっと嬉しかった。

「ありがとうございます」

鼻をこすって礼を言った。

「今にあの旋盤も使えるようになるぞ」

つぶやきながら、キュルキュル音を立てている旋盤を見つめていると、

「十年早いわ」

隣の旋盤からリスが釘を刺した。

仕事に慣れてくるとともに、かねて脅されていた、班内の対立が具体的に見えてきた。設計班のようにすぐに表面化しなかったのは、平林同様、技術者たちも無口だからだが、その分、根の深さを思わせた。

構図としては池藤が言ったとおり、平林を中心とする海軍出身の技術者と、古参の技術者たち。そこは設計班と同じだったが、技術班にいるたたき上げの技術者たちは、より頑固だった。職人気質《かたぎ》というべきか。自分たちが最初に教わったことを頑《かたく》なに守ることが、職人のプライドとなっているようだった。ブレない心は職人として必要だろうが、新しいことを始める場では、さし障る姿勢でもある。

さらに平林の口数の少なさが、問題をややこしくしていると思われた。理系の研究者や技術者の中には、口数が極端に少ない人がいる。聡一が奉職していた造船所でも、口より先にハンマーが飛んでくることがあった。「背中を見て覚えよ」「技術は、見て盗め」は、つい最近まで学校での受け身の授業に慣れていた学徒たちには、酷な風習で、聡一には恐怖だった。

平林もそんな職人気質なだけなのかもしれないが、エリートであることと、その長身で損をしているようだった。心理的にも物理的にも上から威圧される。学に頼らず己の腕だけでやってきたコンさんや、体が小さい上に足の不自由を抱えるリスなどが面白くないのは当然だろう。そして、その雰囲気を賢い平林は感じとっていて、わかり合えないと諦めているようだった。

緻密な計算をする理系の感性は、繊細でもあろうが、それがまた双方の間の溝を深めている。

外から来た聡一には、両方のことがよくわかった。

とはいえ、聡一も間を取り持てるほど大きな器は持っていない。そもそも助手の分際では平林には近づけもしない。

一触即発、今にも爆発しそうな空気の中、気をもみながら過ごすしかなかった。

そんなある日、聡一に平林と二人きりで話す機会が訪れた。仕事が終わり、自転車で途中まで帰っていたところで、聡一は忘れ物に気がついた。

本は持ってきたかな。

自転車を止めて荷台を見ると、心配の通り布鞄が一つしかない。この日、聡一は布鞄とずだ袋を持ってきた。だが積んでいるのは、弁当や手拭いを入れているいつもの鞄だけだ。

「まずいな」

忘れてきた袋の中身は、本だった。研究所の資料室から借りたもので、返却日が迫っていた。日曜日は休みの研究所は、施錠してあるはずなので、聡一はすぐに取りに戻ることにした。

借りた本は、鉄道技術に関するものだった。渡された資料だけではよくわからず、資料室まで足を伸ばしたのだ。その中には、エドモンド・モレルの仕事について記された本もあった。

今日は仕事が長引いて、疲れた頭で荷物をまとめたのがいけなかったのだろう。だが、思い出してよかったと、聡一は自転車の向きを変え、ペダルを踏み込んだ。

引き返す道すがらには、すでに人気《ひとけ》がなかった。終業時間から一時間以上たっているので、従業員たちはだいたい帰ってしまったのだろう。

門の中もひっそりとしていて、かろうじて奥のバラックからもれ出す灯りを頼りに、聡一は戻った。

まだ誰かいるのかな。

光源であるバラックは、聡一の仕事場だった。入口まで引き返した聡一がガラス越しに見ると、男が一人背中を向けて定盤の上で書き物をしていた。

班長。

平林静一だった。座っている後ろ姿でも身長が高いのですぐわかる。

「おつかれさまです」

聡一はそっとガラスをあけ、遠慮がちに言いながら定盤に近づいた。だが平林には聞こえないのか、振り向きもしない。むしろほっとした。なんなら気がつかれないうちに、忘れ物を取って素早く退出したいと、息をひそめて後ろ姿の斜めに回り、ずだ袋を目で探した。

あった。

が、見つけたとたん、舌打ちをしそうになった。ずだ袋は、平林のすぐそばにあったのだ。

「あの、失礼します」

脇に立ち改めて声をかけると、視線は手もとのノートに注いだまま、平林はわずかに頭を上下させた。

「忘れ物をしたので取りに来ました」

言い訳をするように言い、ずだ袋をひったくるように取った。

「では失礼いたします」

言いながら、さっさとその場を離れようとしたときだった。背後から声がした。

「その本はきみのかね」

振り返ると、平林と目が合った。相手は体をひねって聡一を見ていたのだ。

「あ、いえ、研究所の本ですが」

え？

一瞬平林の口元が緩んだ。

笑った？

見間違いかと思ったが、そうではなかったらしい。

「ふっ」

小さな笑い声も聞こえた。どうやら本当に笑っているらしかった。

「借り物であっても、その本で勉強しているのはきみか、と聞きたかったんだが、日本語は難しいな。ちゃんと最後まで言わなくては、伝わらない」

平林は苦笑いをした。

「それぞれの理解があるからな」

意味あり気に言う平林の口調は、どことなく寂しそうだった。

「班長はまだ仕事ですか」

おずおずとたずねてみると、平林はうなずく代わりに首をひと回しした。

「エドモンド・モレルは偉大なエンジニアだけどな」

「いえ、あの。そういうわけでは……」

「おまえは古参の技術者派か」、と問われているようで、聡一はへどもどしてしまった。

「けれども我々は新しいことをやるんだよ。従来の技術や考え方だけでは、新しいことには届かない」

「それは、そうだと思います」

聡一はきっぱりとうなずいた。平林に威圧されたのではなく、たくさんの資料を読んだ上で自分なりに感じていたことだ。

エドモンド・モレルが日本に鉄道をもたらしたときにだって、それまでとは全く違う発想であるために反発もあったはずだ。

狭軌は自国の鉄道に合ってもほかの国に合うのかどうかは未知数であったはずだが、結果的にうまくいったから定着していった。日本がイギリスと同様、国土が小さかったのが定着理由の一つだが、これから日本でつくろうとしているものは、当時の鉄道とは用途が異なる。

「東京―大阪間を四時間半で結ぼうという列車をつくるんですから」

言いながら、聡一は武者震いしそうになった。そんな夢の実現には、従来のやり方では追いつかないのはわかるが、それがどんなに高度で現実離れした発想や技術なのか、思いもつかない。末恐ろしいような気分になったが、平林は落ち着いていた。

「それも、快適にだ。速くても揺れの酷い列車には長時間乗っていられない。気持ちが悪くなって、熱海《あたみ》あたりで降りて温泉に入って帰ってくることになってしまう」

「え、はい」

文脈の違いに聡一は眉を寄せたが、どうやら冗談だったようだ。

本当は面白い人なんだろうか。

探るような目を向けると、平林はすっと目を手元の資料に戻した。

「まだお仕事ですか」

手元にあるのは、分厚い本とノートだった。ノートには、いくつもの計算式が書かれている。

「ああ、難しい仕事だよ。乗り心地を追求しつつ、東京—大阪間を四時間半で移動させるのは。何しろ列車の構成要素の組み合わせは、五万通り以上あるんだから」

「五万通り？」

聡一は、くらっとしてしまう。

「ああ、この技術班で取り組んでいるのは、振動を防ぐための台車づくりだ。台車は、車輪、軸箱《じくばこ》、揺枕《ゆれまくら》吊り、軸バネ、枕バネ、ダンパーなどで構成されているが、それらをどう組み合わせるかで、振動がまったく違ってくる」

淡々とした平林の話を聞きながら、聡一は胸が熱くなっているのに気づく。初めは途方もない話をちぐはぐな気分で聞いていたのに、いつの間にか引き込まれていた。

「それぞれの形や大きさにもよるんでしょうからね」

文献に紹介されていた列車は、物によって各部の形が違っていた。にわかじこみの知識で問うと、平林の目に熱がこもった。

「そうだ。台車の形も理論化して、進化させなければならない」

平林は机上の数式を鉛筆でとんとん、と叩いてみせた。

「解析ですか」

「ああ」

平林はうなずいて、聡一を見た。何かを見極めるような目だった。

「きみはどこの大学かね」

「私は大学は出ていません。都立工業大学の入学試験には合格しましたが、学問よりも仕事をしたいと辞めました」

それを聞くと平林は、やや目を伏せた。

見くびられたか。

大学名だけにしておけばよかったか、などと、こずるい考えがよぎったが、平林の本意はそこにはなかったようだった。

「戦争が奪ったのは、戦った人間の命だけではないのだな。その後に生きる若者の未来も奪ってしまったんだ」

声に木崎のような、自己嫌悪の色が混じっている。

「私はね、海軍時代取り返しのつかない失敗をした。整備した零戦の機体がフラッターを起こしたために空中分解し、テストパイロットが墜落死したんだよ。使命感に燃えた若者の命を使命を果たさせることもなく奪ってしまったんだ」

低い声で言う平林の顔には、複雑な悔恨の情がにじんでいた。テストパイロットの死も戦死には違いないが、使命を果たさずに死なせたということに、数倍の傷を負っているようだった。その矛盾した後悔は、俄《にわ》かには理解できようもない。いや、おそらく時間をかけてもわからないだろう。

せめて聡一は声を上げた。

「私の未来は奪われてはいません」

本心だった。戦争などに奪われてたまるものか、という思いが湧き上がってきた。

「私の未来はここにあります。戦争で奪われたものを取りかえすために、この研所へきたのです」

言いながら、戦争に行けなかった悔いを昇華させたい気持ちにも思い当たる。なんと自分勝手な動機かと恥ずかしくもなったが、見つめた平林は柔らかい目をしていた。

「……そうか」

平林は温かみのある声で言って、取り組んでいる解析理論の説明をしてくれた。平林はまだ欧米でも解明されていない理論を、独自の視点から考えているのだという。もちろん聡一には理解できないものだったが、普段は冷たい平林から、熱い温度が発せられ、伝わった熱量が聡一の脳細胞を十二分に活動させた。

説明し終えた平林は、ふうっとため息をついた。

「これが解明されれば、フラッターは防げる。しかしこれらは、車体が走るレールの定義が受け入れられてこそなんだ」

「ああ、広軌か狭軌の問題……」

つぶやくと、コンさんの顔が浮かんだ。「広軌」と言うとき、コンさんはさもいやそうに鼻に深いしわを寄せたが、あのしわには狭軌のレールに合う車両部品をつくり続けてきた職人の誇りが刻まれていたに違いない。

「そうだ。レール幅は広い方が当然安定し、速度も出る。しかしそれでもなお四時間半には届かない。四時間半を達成させるとすると、全線踏切のない立体交差式の線路を新設しなければならないのだ。それも最短距離で。そうして初めて時速200キロが可能になる」

「時速200キロ」

聡一は繰り返す。今度は思いがけずもしっかりとした声が出た。

「そうだ。それには、膨大な費用と労力がかかるだろう。しかし安全と乗り心地のためには、一切の妥協はしない」

平林の傍らに置いてある分厚い資料と細かな計算のノートを、聡一は見つめる。

これが時速２００キロを実現させるための分厚さだ。

武者震いするような思いで、自分の手の中にある書物を手に取った。書物の重さが心に食い込む。

夢ではない。本当に高速列車はできるのだ。

聡一は、確信を封じ込めるように書物を握り込んだ。


「もう少し計算をすすめる」という平林と別れ、聡一は研究所を出た。ピンッと背筋を伸ばして、ペダルを踏む。満月が青白かった。

そういえば、風洞実験の後もこんな月のきれいな夜だった。そして同じような気持ちになっていた。

レールへの執念を聞いて、夢の実現に心躍らせていた聡一に、自分自身の辛い失敗談を話してくれた平林。

振動を極力抑えたい、そのためには妥協しないという平林の頑なまでの姿勢を支えているのは、苦すぎる経験なのだ。木崎も平林も大きな贖罪《しょくざい》の意識を抱えている。そしてその罪を、戦後の復興によって償いたいと思っている。心湧き立つような夢と、重い贖罪の気持ち。複雑な心情を燃料にしながら働いている。これから生きていく人間のため、死んでしまった仲間たちを思いながら。

なんと重たい仕事だろう。

聡一はペダルを踏み込みながらも、いつもよりも尻の痛さを感じてしまった。がたがた道の振動が、布を貼っただけのサドルから響く。

平林や木崎の気持ちは想像するしかないが、さしあたって振動問題は、実感することができた。

乗り心地を良くするために、もう少し布を巻いてみようか。

尻の痛さが、前向きな気持ちを連れてきた。

「あ、母さ……」

家のすぐそばまで来た聡一は、母に気づいたが、かけようとした声を途中で飲み込んだ。家の前にいた母の様子が少しおかしかったのだ。少し離れたところから、家の前にある電柱をじっと眺めていた。

前にもこんなことがあった。仕事帰りの母を家の前で見かけたときだった。歩いていた母は電柱の前で足を止め、しばらくじっとしていた。

どうしたんだろう。

聡一はそっと自転車を降りた。母はなぜだか声をかけられないような雰囲気をまとっていた。後ろ姿なので表情はわからないが、全身から力が抜けている。呆然と突っ立っているという感じだ。

近寄りがたく、聡一はしばらく母の背中を見つめていた。すると、不意に母が振り返った。

「あら、お帰りなさい」

息子を見つけた母は、弾むような声を出した。

「た、ただいま」

聡一は戸惑うように目を泳がせたが、母はいそいそとかけよってきた。

「あんまり帰りが遅いんで、迎えに行こうと思ったところよ」

「あ、ああ。ありがとう」

「さあ、お腹が空いたでしょう。ごはん、ごはん」

母は明るい調子で言って、そそくさと家に入って行った。聡一はやや首をかしげ自転車を押して後を追った。

聡一の母、登喜子は今年四十六歳になる。女学校を卒業して、出版社の事務員をしていたところ、そこに出入りしていた印刷会社の営業担当の父、聡と知り合い結婚した。結婚に向けては、障害が多かったらしい。まず登喜子は一人娘だ。祖父母としては、一人娘を手放すのは寂しく、結婚相手は端《はな》から婿養子と決めていた。

折良く登喜子の幼なじみに、五人兄弟の四男という適材がいた。小さいころから見知った間柄だし、親兄弟の人柄もよくわかっている。二人の結婚についての条件も、双方文句はないということで、話が進んでいたところに登喜子が連れてきたのが聡だった。

祖父母にとってみれば寝耳に水で、もちろん大反対だった。何しろ件《くだん》の幼なじみとは、もう寿美酒《すみざけ》の段取りまでついていたのだ。おまけに聡の実家は九州だ。九州男児の気質《きしつ》は風に乗って関東平野にも届いていたので、ことさら祖母の拒否反応は強かったという。

「九州男児」と聞いただけで、祖母は「男尊女卑で大酒飲みの暴れん坊」を想像したらしかった。

果たして、初めてやってきた聡の風貌は危惧した通りだった。えらの張った四角い顔にしっかりとした眉毛。眉に近い目は大きくて、男にしておくのはもったいないほどまつ毛も濃い。いかにも南方系の顔立ちで、祖母はしばらく言葉も出なかったと後から聞いた。

「やっぱり九州男児は西郷隆盛《さいごうたかもり》に似ているんだね。これは大変なことになったと思った」

聡は福岡の出身で、西郷隆盛は薩摩藩《さつまはん》、つまり鹿児島の人間だが、関東人の祖母の頭の中では福岡も鹿児島もいっしょくたに処理をされているらしかった。

そもそもの思い込みに、最初の印象が足し算され、二人は父が戦争に行くまでそりが合わなかった。長くない娘の結婚生活の間には、幼い孫娘を亡くすという悲しい出来事があったが、それすら祖母は父のせいにしていた。

「聡さんがちゃんと医者を呼びに行っていたら、祥子ちゃんは助かったかもしれない。あの人が途中で会社の人と立ち話なんかしているから、間に合わなかった」

と物騒なことを言って、祖父にたしなめられていたこともある。祥子がお腹を壊したとき、医者を呼びに行ったのは父だった。

もっとも父が出かけた時点では、妹の具合はたいして悪くはなかった。それに父が話していたのは、取引先の人で、ちょうど行き合ったのをいいことに、商談をまとめていたという。聡は仕事熱心でやり手の営業社員だったのだ。おかげで松岡家の暮らしぶりは悪くなかった。

聡一が知る限り、九州男児の父が特に横暴だったという記憶もなく、夫婦仲は良かったはずだ。

だからこそ、聡一は母親に対して、わずかばかり不満を感じないでもない。

登喜子は、父の話をあまりしない。聡一の友達の中には、同じように父親を戦争で亡くした家も多いが、母親が父親の死を嘆いて泣くのが辛いと訴える者もいる。それに比べると、登喜子は少し冷たい気がした。幼い子どもたちを抱え、それどころではないのかもしれないが、夫の訃報が伝えられたときも、登喜子は思うほどには悲しまなかったような気がする。

もしかしたら、すでに父親への愛情がなかったのかもしれない、と考えると、聡一の胸は少しざらつく。

家に帰った聡一は、まず仏壇の前に座った。今日は、報告をしなくてはならないことがあった。

仏壇の前に座って、並んだ写真を眺める。

何につけそりの合わない二人が、幼い祥子を間にしてはいるが、今は同じ仏壇に並んでいるのは、皮肉な光景ではある。

聡一はおもむろに、菜っ葉服の胸ポケットから封筒を取り出した。

今日は賞与の支給日だった。聡一にとっては初の賞与だ。勤続半年、しかも助手の身分ではささやかな金額だが、それでも充分嬉しかった。

ちーん。

りんを鳴らして両手を合わせて頭《こうべ》を垂れると、何やら一人前になったような気がした。

「よし、お前たちに好きなものを買ってやるぞ。明日は休みだから、街に連れて行ってやる」

夕食のちゃぶ台で、箸をつけるのを待っていた弟たちは、「わーい」と両手を上げた。

「父さんにもたばこをそなえよう」

聡一が提案すると、

「たばこなんか買ったって、後が困るわ。それより、うりがいいわ」

母もちゃっかり自分の好物を希望した。ちょっと引っかかったが、実家に帰ってきたせいで、母は娘気分に戻っているのかもしれないとも思いなおした。

約束通り、次の日聡一は、母と弟たちとともに買い物に出かけた。上野や新宿には大規模な闇市が立っているというが、そこまでの袖は振れない。闇市では何でも手に入る代わりに、べらぼうに高いらしい。駅前にあるこぢんまりした商店街を目指すことにした。

日曜日の商店街は、人通りが多かった。駅前は、昔ながらの店に加え、新しいバラック建てや、リヤカー、地面にござを敷いただけの俄かづくりの店もお目見えして、賑わっていた。

賢二には鉛筆、真三にはメンコ、そして母にはうりを一つ買った。本当は、何か記念になるような道具をと思ったが、鍋や包丁などの道具は高くて買えなかった。頃合いの良い値段でネッカチーフがあったので勧めてみたが、「そうねえ」と母は気乗りしない様子で、やはり結局選んだのは、大振りの色の良いうりだった。

祖父には金槌《かなづち》を一本奮発した。使っている金槌のハンマー部分が、ちびて力が入らなくなっているのに、ずいぶん前から気がついていた。自転車のお返しだ。

ほかにも夕飯の材料を買った後、「汽車が見たい」という弟たちの希望で、駅に寄った。

「わーい、汽車だ」

駅にはちょうど機関車が一台停まっており、石炭の焦げる匂いとともに、白い煙を上げていた。

「真ちゃん危ないよ」

面倒見のよい賢二が、走り出した弟を追いかけて行く。

ポーッ。

機関車は汽笛を鳴らして、動き出した。白い煙を上げて走り出す黒い車体に、真三は声を上げた。

「かっこいいなあ」

目を輝かせて真三は聡一を振り返る。

「お兄ちゃん、あの機関車をつくってるの?」

「いいや」

聡一は首を振り、にやりと笑った。

「お兄ちゃんがつくっているのは、もっと速くてかっこいい列車だ」

「電気で動くやつをつくってるんでしょう? 汽車よりずっと速いんだよね」

賢二がわけしり顔で言う。東京―横浜間には、線路の上に張った電線からパンタグラフで集電する電車が既に走っている。

「ああ。でもあれよりももっと速い列車だ」

「どれくらい速いの？」

「鉄道研究所でつくっているのは、時速２００キロの列車だ。それができれば東京から大阪までが四時間半だ」

真三にはわかるまいと思いながらも聡一はぐっと胸を反らせた。

「四時間半？　東京から大阪までが？」

母があっけにとられたように言う。

「まるで飛行機なみだわねえ」

「そうなんだよ。飛行機をつくっていた人たちが、つくっているんだ」

「へえ、そうなの」

母は口では納得したが、聡一のような明るい顔はしていなかった。戦時中、Ｂ29が来るたびに、子どもたちの手を引いて逃げ惑っていたのだから仕方ないのかもしれない。

「さあ、そろそろ帰るぞ」

気がつくと、足元の影が伸びていた。また汽車が来ないかと改札口のそばの柵につかまって、名残惜しそうにしている真三に声をかけたときだった。

「あっ」

聡一は、はっと背中を伸ばした。待合室に寧子の姿を見つけたのだ。寧子は壁に掛けてある伝言板に何やら書きつけている。

「越川さん」

聡一は思わず声をかけてしまった。

「あら、松岡さん」

寧子は振り向き、笑顔を見せた。一人の女の子の手を引いている。妹さんなのだろう。

「買い物ですか?」

「そちらも?」

軍資金と目的が同じであることがわかり、二人で含み笑いをし合っていると、

「この黒板は何?」

真三が珍しそうに伝言板を見上げた。

「学校にあるのとは違うね」

「これは伝言板だ」

聡一は答えると、真三は「ふうん」と納得し、今度は寧子に質問した。

「お姉さんは何を書いたの?」

「お姉さんのお母さんに、大事なことを伝言したのよ」

寧子は小さな真三に目線を合わせるように、膝を曲げた。

「これは大事なことを書くもの？」

「そうよ。大事なこと」

「何を書いたの？」

「真三」

質問魔の真三がしつこく聞くのを、聡一は制した。アナウンスが次の列車の到着を告げていた。

「すみません。どうぞ行ってください。汽車に乗り遅れますよ」

「では、失礼いたします」

寧子は聡一の母に会釈し、母も会釈を返したのを受けて妹と立ち去った。なんとなく物足りないような気分で後ろ姿を見送っていると、

「会社の方？」

母が聞いた。どことなく、からかうような声音になっているのが恥ずかしくて、

「総務の人だよ。研究所とは建物が違うから普段はあんまり会わないけど」

何を聞かれたわけでもないのに、言い訳めいた返事をしながら、伝言板を確かめ

る。

〝お母さん、洋子を連れて先に帰っておきます。寧子〟

母親に伝言をしたのだろう。きれいな字だった。

「もしかして引き揚げの方?」

「ああ、確か、そんなこと言ってたな。詳しく話したわけじゃないけど。でも、どうして?」

だしぬけに発せられた意外な質問に聡一が眉根を寄せると、母は少しうつむいた。

さっき飛行機の話をしたときよりも、ずっと複雑そうな顔になっている。

「髪が短かったから。引き揚げてくるときは、大変だったことでしょうね」

おもんぱかるような声だが、聡一は肩をすくめるばかりだった。そんな聡一を母は意味ありげな笑顔で見つめていたが、やがて少し重い声で言った。

「うちの祥子も生きていればあんな娘さんみたいになっていたかしらね」

その日、夕食を終えた仏壇には、八等分されたうりの三つ分が、皿に載って供えられた。

みずみずしい夏が香った。

奉天で暮らす寧子たちの生活に影が差し始めたのは、一九四五（昭和二十）年の夏が始まったころだった。まずは恐ろしげな噂が流れ始めた。

「ソ連兵の強盗団が現れたらしい」

「ソ連兵に女が襲われたらしい」

「日本はどうやら負けるらしい」

初めて噂を聞いたとき、寧子はそれほど重く受け止めなかった。噂の出所が、店で働くショーハイだったからだ。普段からショーハイの放言はひどく、それまでも幾度となくだまされていた。

ショーハイの言うことが全部正しければ、彼は満州王家の側室の血筋で、祖父はフランスへ留学経験もあり、そこで世界的な芸術家と懇意となり、いつでも来いと言ってもらっている。だからいずれは自分もフランスに行く。ということになる。そのわりには、フランスという国がどこにあるのかもよくわかっておらず、話すたびに国名も変わり、平仄《ひょうそく》も合わない。

そんなふうだから、寧子をはじめ母親や店の日本人従業員も、まともに取っていなかった。第一、日本はソ連と中立条約を交わしていたので、攻めてこないはずだと高をくくっていた。

だが、その噂があながちホラではないことは、すぐに明らかになった。店によく来ていたお客が仕事の帰りに、強盗に遭って身ぐるみをはがされたという話を聞いたからだ。夜陰に紛れていたので、犯人の人相は定かではなかったが、ロシア語を話していたようだという話だった。

それを皮きりに、一気にいろんな噂が噴き出した。

「ソ連兵が家のドアを叩き『金を出せ』と叫んだ」

「ソ連兵が家のドアを叩き、『男は出て行け』と叫んだ」

「ソ連兵が家のドアを叩き、『女を出せ』と叫んだ」

初めのころは、狙われるのは外を歩いている人に限られていた話が、やがて家にまで押し入ってくるようになり、具体的な要求まで聞かれるようになった。

ソ連兵の要求は、金と女。

ここまで来ると、もはや楽観できなかった。ある日、母親はハサミを持ち出した。

「髪を切りましょう」

女とわからないように、髪を短くするのだという。寧子は母の言うとおりにした。

日本人はロシア人に比べて体が小さく、幼く見える。幸いなことに寧子は、小柄でやせ形だ。「かいのない体だ」と嘆かれていた体がここで思わぬ役に立った。髪を丸坊主近くにすると、どこからどう見ても、小さなアジアの少年だった。

寧子の髪を切った母の方は、手ぬぐいや下着であんこをつくり、着物の下に巻きつけた。妊婦に化けたのだ。念を入れ過ぎて細工が大きくなりすぎ、臨月くらいの腹部になった。

家の軒先には赤い布を下げた。赤い布は家に妊婦がいるという印だった。女でも、妊婦と子どもは襲われないと聞き及んでいた。

こんなに不安な目に遭いながらも、寧子たち日本人は、国に帰るわけにはいかなかった。まだ戦争は終わっておらず、帰国命令が出ないからだが、寧子たちにとっては、奉天がほかならぬ生活の場所だった。

自分の居場所と決めたところでの暮らしを最後まで守りたいのが人情だ。人間は、いよいよもうどうしようもないことを納得しなければ、獲得した居場所を守るための努力をする。わけても満州に渡って来た人間は強《したた》かだ。少々のことではあきらめない精神を持っている。寧子の母親も、

「せめて父親が帰ってくるまでは」

と、店を守ろうとした。

戦況が良くないのはわかっていた。本土も度重なる大空襲でほとんど焦土と化しているらしい。何より身の周りのあちこちで、毎日のように怒号や女性の悲鳴や子どもの泣き声が聞こえるようになってきた。

そしてとうとう。

越川米穀店にもソ連軍が集団で攻め入ってきた。家では日本風に靴を脱ぐ生活をしていたのに、おかまいなしに、土足で踏み込んできた。

「女を出せ」

「金を出せ」

しゃべっていたのは、ロシア語であるらしいが、はっきりと要求は理解できた。

「わーっ」

「きゃー」

幼い妹たちを体の後ろに隠しながら、寧子は歯を食いしばった。あまりに恐ろしすぎて声が出なかったのだが、それが功を奏した。叫べば女であることがばれたはずだ。

妹二人を壁に押し付けるようにして、座り込んだ寧子に、三人の兵士はじりじりと寄ってきた。ぎらぎらしたその目をねめつけながら、寧子は唸った。

「ぐーっ」

頭のてっぺんまで熱が上り、顔は発火しそうなくらい熱かった。目を見開き、歯をむき出して、小刻みに顔を振った。

「うーっ」

むき出した歯の隙間から、猛犬のように唸った。自分でも不気味なほどの唸り声を腹の底から絞り出した。

どれくらいそうしていたか、やがて一人のソ連兵が何か言った。意味はわからなかったが、何かをあきらめたような声音ではあった。

「こいつはばかだ」

「かかわるな」

「くそがき」

そんなふうな言葉だったのかもしれない。ともかく吐き捨てるように言って、三人は踵を返した。

「……」

しばらく時間が止まったようになり、やがて体ががたがたと音を立て始めた。血液が一気に巡り始めたのだろう。背中の妹たちの泣き声も聞こえた。部屋の隅では、母親に抱かれた弟の泣き声も聞こえた。ゆっくりと視線を移すと、弟を抱きかかえて、うずくまる母の姿が見えた。ソ連兵はいなかった。

みんな無事だったようだ。

「ううっ、おおっー」

寧子はそこで初めて大きな声を出した。腹の底から一気に遡《よみがえ》ってくる咆号《ほうごう》を抑えることができなかった。


それからしばらくして日本の敗戦が伝えられ、満州の日本人たちにも帰国命令が出されたが、帰国の途にはそれまで以上の苦難が待っていた。

襲ってきたのはソ連兵だけではない。昨日まで一緒に働いていたような満人も盗賊と化したのだ。ただただ逃げまどいながら、引き揚げ者たちは日本を目指した。

ほとんど着の身着のままという状態で、寧子の家族も奉天を出た。普通の道を通れば、ソ連軍に出くわす確率は高く、山を越えたり、藪を抜けたり、川を渡ったりしなければならなかった。

その間には、逃げきれないと絶望した人たちが集団自決したことも聞いた。同じ県出身者たちが一斉に崖から飛び降りたという。

惨状も多く見た。血みどろの死体や、今まさに、撲殺されかかっている人。ソ連兵になすすべもなく引きずられて歩く半裸の女の人や、板の上に神輿《みこし》のように担がれて、叫喚している全裸の女の人……。

とても妹たちには見せられず、寧子は二人の目ごと覆うようにして逃げた。

一方、女と金だけではなく、小さな子どもにも危機が迫っていた。日本人は働き者だと聞いた満人たちが、「子どもをおいていけ」と迫ってくるのだ。

「子どもを連れて行くには危険だ」とか、「育てておいてやるから、落ち着いたら迎えにくるといい」などと親切を装ってもちかけられ、泣く泣く手渡す人もいた。

もちろん、母もさかんに言い寄られたが、頑として跳ねのけた。

「子どもは自分の命に代えても守ります。必ず連れて帰ります」

母の毅然とした態度は、寧子の心も励まし、寧子はやせた背中に二人の妹をおぶって、川を渡りきった。火事場のばか力とはよく言ったものだが、力は自分の体がつくっているのではなく、どこかほかのところから注がれているようだった。

だが、なんとか艱難辛苦《かんなんしんく》を潜り抜け、ようやく駅に着いたとき、寧子の家族を最大の悲しみが襲うことになる。何時間も待って、やっと列車に乗れた直後のことだった。すしづめの車両に座れたのはよかったが、背中の弟を胸に抱きとった母が顔色を変えた。

「満生？」

弟の顔からは、生気が抜けていた。川を越えたときには大きな泣き声をあげていて、「よかった、これは強い子だ」と、みんなを喜ばせていた満生が、列車に乗って安心したとたん、死んでしまっていたのだ。

「おおっ、おおっ」

母は満生を抱きしめて泣いた。母はこの世のすべての悲しみを、その身に集めたように泣き崩れた。

6

聡一が鉄道研究所で働き始めて一年がたった。その日、冷たくなってきた北風に、首をすくめるようにして出社した聡一を迎えたのは、平林だった。

「おっ、おはよう」

「え、あ、はい。おはようございますっ」

助手の自分よりも早く出社している上に、先に挨拶までされて聡一は面食らってしまった。平林の周りには、ほかにも三人の技術者がいた。いずれも軍出身の人間で、いわば、平林一派と呼ばれるグループだ。石本《いしもと》勝《まさる》、岡部《おかべ》秀一《しゅういち》、井上《いのうえ》良男《よしお》。みないつになく和やかな雰囲気である。

な、なんだ。

これまで軍出身者たちからは、くだけた空気など感じ取ったことがなかった。特に平林はいつも不機嫌だった。どんなときも決して笑うまいと決めているかのような顔つきで、黒板に向かい、一人数式と対峙していた。その修験者のような表情を見るのが怖くて、聡一は普段、視線をあまり上げていなかった。用事を聞くときも、細い顎のあたりを見るのが精いっぱいだった。

その平林が目を細め、口元を緩めているのだ。しかも聡一に話しかけてきた。

「これを見てくれ」

定盤の上に置いてあった木札を指し示す。聡一は、そこに書かれていた文字を読んでみた。

「高速台車振動研究会、ですか」

読みながら聡一は、血液が小さく泡立つような感覚にとらわれた。

「正式に発足するというわけですね」

確認する声も泡立ってしまう。

発足の礎になったのは、島秀雄と平林静一による研究会だった。

「私は将来日本に電車形式の高速長距離列車を走らせたいと思っています。しかし、今の電車は振動もひどいし音もうるさい。とても長時間お客様に乗っていただく車両とは言えない。ぜひあなたの航空技術の知識と研究を生かしてこの振動問題を解決していただきたい」

という島の訴えに平林が感激し、研究会の場を設けたのが、一九四六（昭和二十一）年十二月十六日のことだった。

両者は広く鉄道人たちに呼びかけ、大阪鉄道局有馬療養所会議室で、三日間の研究会を行った。会では全六回、合計十一の研究発表がなされ、国鉄内はもちろん、民間からも参加者があった。それぞれの研究発表をたたき台に、参加者たちが徹底的な討論を重ねた。

会に参加するため、日本各地にある研究所の技術者たちは、猛烈に混雑する列車を乗り継ぎ、手弁当で参加していた。そして、白熱した議論のもと、論理的な裏付けを得た上で各研究所に成果を持ち帰り、作業のリーダーシップをとっていた。

聡一らも、この勉強会の報告を受け、士気を上げていたのだった。

だが着々と準備が進む反面、避けては通れぬ問題も生まれていた。経済の壁である。

技術者たちが満足のいく鉄道をつくるには、莫大な費用がかかる。敗戦直後の日本には、とてもそんな資金はなかった。戦後一年たっても、国土はまだまだ荒れている。東京の街にも焼け跡が残り、無計画のまま放置された場所には、全国から流れ込んできた人たちが集まり、職もないまま、無秩序な生活を営んでいた。

どうにか職にありついた者も、労働相応の対価は得られず、そのくせ物の値段だけはつり上がり、悪性のインフレは続いていた。そんな時代に、夢の超特急を実現させようとは、雲をつかむような話どころか、不謹慎だと思う向きもあったかもしれない。事実、鉄道を「斜陽産業」と断じ、大きな投資をすることを非難する有識者もいた。

しかし技術者たちは本気だった。荒れ果てた大地に夢の超特急を走らせることは、人々の荒れ果てた心をも元気にすることだと信じていた。もちろん、聡一も信じた。自分が携わっている仕事は、奪われたものを時間ごと取り戻してくれる、そう思うと全身から力がこみ上げてくる。

「いよいよですね」

「ああ。今日をもって、高速台車振動研究会が発足する」

声を弾ませる聡一に、平林は首肯した。その顔からはすでに笑みは消えていたが、聡一は引き締まった顎元に、平林の希望と覚悟を見た気がした。

「容易なことではないだろうがね」

聡一の心配を汲み取るように、平林は低い声で続けた。

「さわってもいいですか」

聡一は木札を手に取ってみる。ただの板切れだがずっしりと重たかった。体に沁みるような重みを弾みにして言う。

「これ、掲げてきますっ」

看板は決意だ。新しい電車をつくるための自分たちの決意を、一刻も早く公に示したかった。

聡一は、木札を右手に、釘と金槌を左手に持つとバラックを出た。


「いいねえ」

打ち込んだ釘に看板をかけ、眺めていると、背後から声がした。

「なんやねん、それは」

リスだ。

「高速台車振動研究会？」

「そうです。今日からここは、高速に耐える台車をつくる研究室になるんです」

聡一は声を弾ませた。乗り物に振動は付き物だが、揺れる乗り物は快適ではない。どんなに速い電車をつくっても、途中で気持ち悪くなれば、実用的とは言えない。

台車はその揺れを防ぐ装置だ。車両の下部に車体に直結しない形で装備して、振動を抑えるためのクッションのような役割をする。高速台車振動研究会では、台車の研究を中心に、これまで平林が独自に研究していた、レール幅や蛇行動なども合わせ、振動を最小限にするための総合的な研究をしていくことになる。

「へえ、そないでっか」

リスはGHQの若い軍人がするように、両手を持ち上げてみせたが、次々に出社してきた職員たちもみな一様に困惑の表情になった。

「なんだ、これは」

「どういうことだ」

眉をつり上げて、怒りをあらわにする者もいる。

「せ、正式に発足したんです」

おずおずと申し開きをした聡一は、たちまち取り囲まれた。

「いつだ」

「聞いてないぞ」

「誰からの指示だ?」

古参の技術者たちは、今にもつかみかからんばかりだ。

「あの、あの」

聡一がふがふがと口を震わせていると、背後から声がした。

「私だ」

平林だった。硬い鉄のような顔をしていた。

「そうでしょうね」

片頬を上げたのは、渡辺《わたなべ》という技術者だった。渡辺は技術者の割には弁が立つので、古参の中では影響力を持っていた。

「こりゃあ、あんたらしいや。入ってきたときから俺らなんか目のはしにも置いてなかったが、ついに新勢力立ち上げか。それならこっちにも考えがあるぞ」

「新勢力ではない。新しい部署だ」

腕まくりをする渡辺に、石本が毅然と声を放った。

「そうだ。しかるべき手続きの上、正式に発足したのだ。これからはこの班は技術班ではなく〝高速台車振動研究会〟となる」

「新しい電車をつくるために、従ってもらう」

岡部と井上も、声を張った。

「んな横暴な」

リスがまた両手を上げると、渡辺も勢い込んだ。

「ここは軍隊じゃないっ。あんたたちのいいようにはさせんっ」

リスと聡一を間にはさんで、古参技術者と軍出身者がにらみ合う形になった。積年の不満がこみ上げているのか、どちらも一歩も引かない構えだ。

「よせ」

一触即発の空気を破ったのは、平林だった。

「ここで争ったって詮がない」

どこか悲しげな目をしていた。

「私たちがやりたいのは争いではない。研究だ」

そう言って、掛けたばかりの看板を外し、足早に去って行った。

「待って下さい」

その後を、石本ら三人が追う。聡一はぼうっとしたまま取り残された。

「……こいつはいい」

ややあって、誰かの声がし、すぐに賛同の声が上がった。

「そうだ。よかった。厄介者がいなくなった」

「おかげで仕事がしやすくなるぞ」

「願ってもないことだ」

「エイエイオー」

一年前、ＧＨＱによって軍関係者が追放されたときと同じ状況が繰り返された。

それを受けて、リスが胸を張る。

「そうやな。またこれまで通りやれるわ。なあ、コンさん」

いつからいたのか、そこにはコンさんの姿があった。

だが、勝ち誇ったように言うリスに、コンさんは返事をしなかった。しばらく思案するように、じっと自分の足元を見つめていたが、やがてゆっくりと首を振った。

「……、リス、お前らの言うことはわからねえ。どうして今まで通りなんだ」

「そやってコンさん。わけのわからん理屈ばかり捏ねる上がいなくなったんですよ。また職人の腕が思う存分揮《ふる》えるようになるやないですか」

「……これまでと同じものをつくるんであれば、な」

コンさんは、何かを見定めるような注意深い声で言った。

「だがこれからつくるのは新しいもんだ。わしらがこれまで通りにやったって、新しいもんはできねえ」

「でもコンさん、あの班長の言うことはちっともわからんやないですかっ。しかも今度は、高速台車なんちゃらかんちゃらっていう、けったいな研究や。ほんまわけわからんわ。第一コンさん、広軌にも反対やったやないですか」

「反対だったわけじゃない。日本はわけあって狭軌を選んだのに、それを頭ごなしに変更されるってことが、どうにも腑に落ちなかったんだ」

「そうやねん。あの人は俺らをばかにしとるんや。このへんからいつもぶすっとした目で見よってから」

リスは手を上の方にのばして、両頬をふくらませた。

「だいたいこっちの方が古くからやってるんだぞ」

「そうだ。仁義も切らずに勝手にことを進めるとは、道理が合わない」

リスの不満をきっかけに、またあちこちから不平の声が噴出した。

「ちょっと静かにしろっ」

てんでに上がる乱暴な声を、コンさんは一喝した。そして聡一に向き直った。

「おい、松岡」

「は、はい」

素早い声が飛んできて、聡一は背筋を伸ばした。

「広軌の良さを言ってみろ。ちょこちょこ分厚い本を広げて勉強してただろう」

「あ、はい」

コンさんは聡一が、渡された資料のみならず書物まで借りていたことを知っていたようだ。聡一は説明を始めた。

「まずレールの幅が広いと、それだけ安定感があります」

短期間に集めた知識には限りがあったが、聡一はそれらを総動員した。乏しい知識で言葉を連ねても、あまり手ごたえはなかったが、広軌を採用した南満州鉄道の例を持ち出すと、コンさんをはじめ、職人たちの表情が変わった。技術の粋を集めたと言われる南満州鉄道「あじあ号」は、鉄道屋の間では憧れの列車だったのだろう。

「広軌にすればあじあ号みたいな列車がつくれるんか」

リスでさえ目を輝かせた。いくら時速200キロの夢のような列車と言われても、物がないとピンと来なかったのが、一気にイメージが広がったようだった。

「それ以上のものです。あじあ号がすごいと言っても所詮は最高時速130キロです。ここでつくろうとしているものは、時速200キロですから」

「それは広軌でしかできないのか」

「はい。平林さんはそう言っていました」

嗄《しゃが》れ声で聞くコンさんに、聡一はきっぱりと答えた。

「狭軌では速度を上げたときに安定せず、大量輸送はできないと言っていました」

「広軌にすれば安全なのか」

コンさんはいっそう強い声で問うた。

「それは線路が広い分、車両も安定しますから」

「人が犠牲になる事故はもう、ごめんなんだよ」

苦々しい声で言う。コンさんが働いてきた間には、重大な鉄道事故や不可解な事件も多くあった。いくら腕利きの職人が列車をつくっているとはいえ、黎明期の産業にはトラブルは付き物だ。コンさんもまた、軍出身の技師と同様、尊い命を奪った責任を感じているのだろうか。

しばらくの沈黙ののち、

「……そうか」

コンさんは顔を上げて深くうなずいた。

「平林さんは、新しい物をつくるには、テクノロジーの基盤も思想もまったく違う分野の技術が、混ざり合ったり補い合ったりしなくてはならないと、言ってました」

「テクノロジーってなんやねん？　デクノボーかいな。うけけけ」

「工業技術のことです」

悔し紛れな笑い声をあげるリスに、聡一は熱心に語りかける。

「みなさんの持っている鉄道技術だけでも、自分たちが持っている航空技術だけでもだめだと言っていました。二つが補い合って、融合して初めて新技術が生まれると」

「……てことは、あの人はわしらの技術を認めていたってことか」

「もちろん」

聡一は力強くうなずいた。コンさんの目には熱が宿っていた。

「……よし」

しばらくの沈黙の後、コンさんはこぶしを握った。

「わしは平林さんと仕事をする」

「ええっ」

周りからどよめきがもれ、リスは情けない声を上げた。

「んな殺生な」

「班長がいないと話にならねえ。わしらは新しいものをつくる。未来をつくるんだ。そのためには、デクノボーにでもなってやる」

コンさんは叫ぶように言って、平林たちが去った方に歩き出した。皆はしばらくその後ろ姿を眺めていた。ちぐはぐに冷めてしまった空気の中、声が上がった。リスだった。

「待って下さい。コンさん」

リスが慌てて後を追いかけた。

「おれも行きますっ」

もちろん聡一も追いかけた。


〝高速台車振動研究会〟

数日後、技術班のバラックの扉に、再び聡一は木札を掛けた。平林らが戻ってきたのだ。当初、軍出身者が中心となってつくった研究会は、部屋をほかへ移す予定だったが、戻ってきたのは、定盤を動かせなかったからだった。技術班の主とも言える職人と、その弟子が平林につくことになった以上、部屋を変わるわけにはいかない。定盤は技術の礎であり、コンさんとは一体なのだ。

聡一は看板を掲げた手で、定盤をなでた。ゆるぎない完全な水平。今や聡一の心の一部も支えられている気がするほどだ。これがすべての技術の基本であり、研究に関わる人間の信念にも思える。

「安全で速い列車をつくるためには、飛行機の技術が必要だ」

という鉄道組の心。そして、

「平和のために自分たちの力を使いたい」

という軍出身者の心。いずれも鉄の塊のように強い。

7

一九四七（昭和二十二）年二月十九日。松岡家では二つの法事が行われた。父と祖母の三回忌。僧侶の経を聞きながら、聡一はくさくさしていた。

本当は別々にするべきことなのだ。祖母が亡くなったのは、二年前の二月八日、父の戦死は三月下旬のことだったという。戦後すぐにレイテ島から引き揚げてきた戦友は、骨箱と小さな手帳を携えていた。その手帳を読んだときの衝撃を聡一は忘れない。悲しいという感情は、外に向けて激しくあふれ出るものだと思っていたが、心を内側に絞り込ませるものだと初めて知った。

手帳は極めて淡々としていた。父は几帳面な人で、普段から手帳を小まめにつけていた。内容は、読んだ本の題名や使ったお金、出かけた場所など。心情の吐露などはなく、事実の記録だけをした無機質なものだ。

戦地に持参していった手帳にもまた、日常の様子が記されていた。聡一の知らない土地の名前や植物の名前、食事の献立や就寝時間など。ここにも情動に発することは書かれていなかった。会いたいはずの家族の名前もない。

だが、見たとたんに聡一の胸は熱くなった。事実の羅列がこんなに胸をかきむしるとは。何を食べたか、いつ寝たか、何時に起きたのかという記述の隙間から、父の姿がまざまざと浮かびあがったのだ。手帳は父そのものだった。しかしその父が、小さな骨箱になってしまった。認めたくない心は固く縮み、聡一はしばらく感情を失った。

母もまた、渡された骨箱を膝にのせ、呆然としていた。戦友が戦地での様子を話していたようだが、言葉一つ返すこともなく、ただ黙っていた。

あのときは悲しみが深かったせいだろうと思ったのだが、それからの母の態度を見ていると、聡一には理解しかねるところがある。少し薄情なのではないかと思っていたが、この大切な法事にあたり、聡一は確信せざるをえなかった。母は、

「お坊さんもあちこち忙しいから」

と僧侶の方をおもんぱかったのだ。確かに戦死者の供養で僧侶は忙しい。そのせいで一周忌は家族で線香を上げただけだった。だからこそ、三回忌はねんごろにしたかった。別々にできないならば、せめて父の命日の方に合わせるべきだ。

これでは祖母のついでのようではないか。

僧侶の読経を聞きながら、聡一はちらっと後ろを振り返った。内々だけの質素な法事なので、集まった親戚は少ないが、叔父夫婦も参列してくれている。正には職場を紹介してもらった恩もある。

父のメンツが立たない。

読経の間、身中を巡る悔しさが今にも飛び出してきそうになるのを、聡一は僧侶の丸い後頭部をにらみつけながら耐えていた。

「では、順番に焼香《しょうこう》をしてください」

僧侶の声にはっとした聡一に、母が目配せをした。祖母の葬儀では祖父が、父の葬儀では母が喪主を務めたが、今は自分が家長だということに気づき、聡一は腰を上げた。

と、急激に足に痛みが襲ってきた。尋常ならぬしびれだ。さっきまで押し殺していた悔しさが、下半身で炸裂したようだったが、なんとか踏ん張って立ち上がる。

ううっ。

思わず漏れそうになる呻き声をかみしめ、一歩踏み出した。

が。

「あっとっと」

踏み出したとたんに、足がもつれた。立て直そうとしたら、足が勝手に前へ前へと動き出した。

「わわわ」

聡一は声とともに、どどどっと前のめりに走り出した。踏ん張ろうとするが、しびれた足は制御できなかった。

あーっ。

聡一は座敷の隅にひっくり返った。そのままでは仏壇に突っ込んでしまうので、なんとか方向をずらしたところ、バランスが崩れてしまったのだ。

「きゃははは！」

「真三、笑うな、ぶっ」

「くくっ」

すかさず真三が笑い出し、それを止めようとした賢二も堪らず噴き出し、母親まで笑い始めて、聡一はもう起き上がりたくなかった。


焼香では失態を演じてしまったが、正に話しておきたいことがあった。供養後のささやかな宴席で、聡一は居住まいを正した。

「叔父さん、一つ報告があります」

「ああ、なんね」

「じつは僕、大学に入り直すことにしたのです。ああ、もちろん夜学ですけど」

聡一が大学復帰の決心をしたのは、高速台車振動研究会が本格的に動き出した年明けだった。研究の中心は軍出身の技術者たちだったが、内容に全くついていけないのだ。振動を表すために持ち出される数式はおろか、交わされるちょっとした会話でさえ、理解できない。専門用語はそのつど書き留め、資料室で調べたりしていたが、その程度ではらちが明かず、すぐに聡一は行き詰まった。

これは抜本的に解決すべき問題だと思い至り、志半ばで辞めた大学の門を再び叩くことにした。

この決意には、母親もたいそう喜んだが、

「ほう、そりゃあよか」

報告を聞いた叔父も膝を打った。そして話してくれたのは、以前も少し聞いた木崎の計画についてだった。

叔父が言うには、木崎は、新しい列車の開発を粛々と進めているらしい。

配属が変わってから、木崎の姿は職場で見かけることはあるものの、ゆっくりと話すことはなかった。だが伝え聞く話では、仕事に対してますます厳しくなっているという。かつて、鬼と化していると言われていた木崎を思い浮かべ、聡一はこっそり身震いをしたものだ。

「聡一は、今にきっと世界をアッち言わせますよ」

正は声高らかに言い、九州人らしく豪快に酒を飲んだ。

「わざわざありがとうございました」

法要が終わり、帰る叔父夫婦を聡一は母と家の前まで送りに出た。

「今に木崎さんが大きかことをやるけんな。しっかりついていきんさい」

すっかり赤くなった頬を緩めたまま、意気揚々と帰って行った。後ろ姿が見えなくなるまでとどまっていた聡一をよそに、登喜子はさっさと踵を返した。

「母さん」

「なあに」

聞き返す登喜子の目は少女のように無邪気で、聡一は吐き捨てるように言った。

「もういいよ」

本当は、文句の一つも言いたかった。祖母と父の法要を一緒にしたことが、まだ納得できないのだが、ここで話を蒸し返しても虚しいだけだ。

母さんは、父さんを大事に思っていないのだ。

子どもじみた怒りにさいなまれながら、苛立ちの半分は、派手に転んだことの照れ隠しも混じっていると気がついて、いっそうむしゃくしゃした。

聡一は急ぎ足で玄関に向かった。そのまま家に入ろうとしたが、ふと後を振り返った。そして、首をひねった。

何してるんだ？

母の様子が変だった。その変な様子は、何度か見たことのある光景だった。母は、家の前の栗の木から少し離れたところに棒立ちになって、栗の木を見ていた。以前見たときは、後姿だったから表情はうかがいしれなかったが、正面から見ると、母の顔には表情というものがなかった。いや、表情だけではなく、生気すらない。血や感情が通っているとは思えない蠟人形が一体立っているようだった。

「母さん？」

聡一はおそるおそる近づいてみたが、母は微動だにしなかった。魔術にでもかかったかのように目を見開いて固まっている。

「母さん」

聡一は、その肩を摑んで揺さぶった。すると、ふっと目に緩みが出た。

「あ、ああごめんなさい」

母はなぜか気まずそうに目を伏せた。

聡一が顔を覗き込むと、母は意味のとれない返事をした。

「三十メートルが気になるの」

「……三十メートル？」

聞き返すと、母はうなだれるようにうなずいた。

「お父さんの遺骨を持ってきてくれた人が言ったのよ。『松岡くんは基地から三十メートルのところで銃撃に倒れました。走って戻っていれば撃たれずに済んだのに、わずか三十メートルのところでした』って」

母は感情のこもらない声で言い、うつろな目をあげた。

「私はそれを聞いてから、三十メートルが気になってしょうがないの。大きな木や、建物を見つけると、そこから三十メートルの場所を確かめなくては気が済まない。たったこれだけだったのにって、走っていたら死ななくてすんだのにって……」

登喜子は全部言いきらないうちに、顔を覆った。

「うーっ」

そして唸った。サイレンのように長く唸った後、泣き始めた。

「ううう、ううううっ」

顔を覆った指先の間から、涙がほとばしるように流れた。これまでずっと抑えていた分が、一気に飛び出してきたような涙だった。

「母さん」

聡一は呆然とその姿を眺めた。本当は逃げたかったが必死で耐えた。やっとのことで足を踏ん張りながら、きっと少し前の自分なら耐えられなかっただろうと思う。

そして、悟った。
ああ、そうか。
だから母は平気そうにふるまっていたのだ。子どもたちに、父を亡くしたという
こと以上の心細さを感じさせないために、あえて冷たくさえ見える素振りをしてい
たのだ。そうしながら、子どもたちの悲しみを背負い、経済的な責任も背負ってい
た。
「ありがとう」
聡一はつぶやいたが、聞こえたかどうかもわからない。母の涙はなかなか止まら
なかった。
聡一は戦争の怖さを改めて知る。一年半たってもまだ傷はいえないし、それどこ
ろか一年半かけて、深いところまで広がってしまった気すらする。
聡一はなす術もないまま、体を震わせる登喜子を見つめているしかなかった。

8

春になり、聡一は東京都立工業大学の夜学に通い始めた。大学には想像以上の数

の学生がいた。戦争の影響で中断された学問を修得したい若者で、あふれかえっていたのだ。聡一にとってもそこは、忸怩《じくじ》たる思いを抱えながら、中途半端に通っただけの昼間の大学よりも、切実な学問の場だった。

ようし。

寸暇を惜しんで勉強する学友たちを見ると、おのずとやる気もかきたてられた。かつて学問よりも職能を選んだ聡一だったが、自分の中の向学心は静かに燃えていたのだ。聡一は、教授の言葉の一言、板書の一字ももらさぬ気持ちで、授業に臨んだ。

梅雨が明けセミが鳴き始めた。降ってくるような鳴き声はうるさいが、焼けただれた土の中にも、生命が眠っていたのだと思うと、元気も出てくるうるささだ。

出社した聡一が自転車を置きに向かうと、自転車置き場のすぐ向こうに、寧子の姿があった。畑にバケツの水をまいている。寧子たち女性職員が、芋畑を広げ、野菜を育て始めていた。

「ご精が出ますね」

声をかけると、寧子は腰を伸ばした。

「ああ、松岡さん、おはようございます」

明るく返事をしてくれた。

聡一は会釈をしつつ、職場に向かう。

「何にやにやしてるんだ」

総務部の向こうにあるバラックに向かって歩いている途中で、戒めるような声が聞こえた。顔を向けると池藤だった。

「え、笑ってました?」

「ああ。鼻の下が伸びてたぞ」

池藤はなぜか警戒するような視線を、聡一と畑のある方向に往復させた。

「その笊《ざる》は?」

一方の聡一は池藤の手元に目を留めた。平笊を一つ持っている。

「い、いや。ああ、そうだ。うちの部で今、野菜をつくっていてね。そろそろ収穫できそうなんで、手伝いをと思って……、いや、向こうから頼まれたんだよ。『重いから収穫を手伝ってください』って。同じ職場の同僚だからね、俺は」

取り繕うように言い始めた言葉が、だんだん早口になったかと思うと、最後は誇示とも牽制ともとれる口調になった。

「じゃあ」

そしてすたすたと畑の方に歩いて行った。聡一はぎゅっと拳を握る。胸から這い上がってきた、うらやましさと悔しさを握りつぶすためだった。

越川寧子に対して、自分は特別な思いを抱いていると聡一が気づいたのは、いつのことだっただろうか。最初は単に同じ職場の同僚と思っていただけだった。しかも総務部と研究所は離れているので、毎日顔を合わすというわけではなかったし、聡一の方は仕事に慣れるのが大変だった。それに、複雑な人間関係のほうに神経を使っていたので、浮いた気持ちにはなっていなかったと思う。

強く意識したのは、浜松町の駅前で見かけたときだ。聡一と同じように賞与で家族に買い物をする寧子とは、温かいものをわけ合ったような心持ちになった。一方的な気持ちではあるが、「家を支える者としての責任がこの自分たちにはあるのだ」と思うと、同志のような気分にもなった。

「引き揚げの苦労があったんでしょうね」

という母親の言葉も強く印象に残っている。あのとき、寧子に対して抱いていた謎のようなものが、少し解けたような気がしたからだ。男のように髪が短く、気働きがして、食事もそこそこに細々とよく働くのは、知らぬ土地で働いてきたからなのだろうと合点がいった。同じ齢であるものの、寧子を自分よりも年上に感じるのもそのせいだろう。

引き揚げ者の苦労を具体的に知っているわけではないが、自分たちが体験していない生活が、寧子を年齢よりも成長させたのだと思えば腑に落ちた。

しかしここまで考えて、聡一ははたと思い直した。

意識下では最初から気にしていたのかもしれない。お茶を分けてくれたときから。その後、寧子をよく見かけたのは、単に働き者の寧子がうろうろしていたからだけではない。聡一の目が寧子を探していたからかもしれない。職場にはほかにも大勢の女子従業員がいたが、ちょくちょく会うのは寧子ばかりだった。ほかの女性とも同じくらいの頻度ですれ違ったりしていたのかもしれないが、聡一の目に入ってくるのは寧子だけだった。つまり、聡一の頭は仕事だけでいっぱいだったわけではないのだ。最初から。

自分の心をひも解いてみて、聡一はくるりと振り返った。畑が見えるところまで移動して、監視するように目を細める。

くっそー。

池藤はすでに畑にいた。しきりに寧子に話しかけながら、なすやきゅうりをもいで笊に入れている。

くっそお。

自分の歯ぎしりが聞こえるようだった。

研究所では振動問題を解消するための台車の開発に向けて、実験が活気づいていた。活気づかせたのは、皮肉にも大きな列車事故だった。

一九四七（昭和二十二）年、七月一日。山口県の光《ひかり》―下松《くだまつ》間の山陽本線下り線で、列車事故が発生した。脱線により列車が転覆し、多数の死者が出たのだ。

調査委員として直ちに現地に向かった平林は、事故の状況から直感した。

蛇行動だ。

直感と同時に、苦しい記憶もよみがえった。整備不良によるフラッターのために、テストパイロットが命を落としたことは、癒しがたい心の傷だった。

平林は、山陽本線の脱線事故がフラッターによるものだと主張したが、ほかの委員には認められなかった。

研究所に帰ってからも同じだった。古くからいる鉄道技術者の中村《なかむら》が異を唱えたのだ。

「平林くん、そんな馬鹿なことはないよ」

安全な鉄道と、危険な飛行機を同じにされては心外だとばかりに、頭ごなしに否定し、

「曲がっていたレールに車両が同調したせいだ」

と主張した。長く車両をつくってきた技術者のプライドが、車両の不具合によるものだと認めさせなかったのだろう。

中村は平林とは同じ年ごろだけあって、ライバル意識もあったようだ。

研究所内の賛同が得られないならと、平林は実験を試みることにした。

「理論を検証し、現象を理論化するためには、現物を用いた走行試験は不可欠だ」

つまり、列車の蛇行運動を目で見せることにした。縮尺模型を使った実験で事故と同じ状況をつくり、蛇行動を起こしてみせるのだ。

支持車輪の上に模型の車輪を載せて、模型車両の車体の前後方向だけを固定させ、左右方向は自由に振動できるようにしておく。ちょうど上下の車輪同士がかみ合う形だ。そのうえで、徐々にモーターを上げていくという装置だ。初めは、二軸貨車の模型を載せた。

スピードの遅い段階では車両は安定した状態にあったが、次第にスピードを上げ

ていくと、ある速度で突然車体が大きく左右に振れ始めた。引き続き速度を上げてゆく間、この振れはしばらく続いたが、ある速度で急に消え、再び安定走行に戻った。

だが。

さらに速度を上げたときだった。またしても振れが起きた。今度の動きは独特だった。車体はあまり振れないかわりに、車体の下の車輪が振れ出したのだ。

「こ、これですか」

実験に集まった人の隙間から、身を乗り出すようにして見ていた聡一が声を震わせると、

「そうだ。これが車輪の蛇行動だ」

平林は静かに蛇行動を指摘した。冷静な声とはうらはらに、列車の振れは激しくなり、やがて、がたんと大きな音を立てて、レールから外れた。

「これかあ」

「やったな」

石本たちは、平林の説が実証されたことを喜び、中村は、苦虫をかみつぶしたような顔をしていた。むろん、脱線事態を憂いたわけではなく、自分たちの言い分が

間違っていたことが悔しかったのだろう。

そんな中、聡一はただただショックを受けた。

これは、とんでもないことになる。

この実験は、列車の性能以上のスピードが大事故を起こす恐怖を、聡一の心に深く刻むものになった。

安全に性能は欠かせない。

この模型による実験を踏まえて、現車実験に進むことになった。データ化した車両の走行時の振動特性を材料として、いくつかの電車で走行実験を行うのだ。

新しい電車の開発は、まさに試験や実験の繰り返しだ。それに向けての侃々諤々《かんかんがくがく》の話し合いが研究所では連日行われていた。どんな実験が有効か。選ぶ実験素材は。

かつて、航空機を製造していた精鋭たちの知識と経験に基づいた意見を、聡一はメモを取りながら聞き、不理解な点は後で文献をあたった。大学に戻ったとはいえ、工学の世界の奥深さを思い知る日々だった。

実験も山場に入ったこの日、次はどの台車で試験をしてみるかを話し合っていた。

「TR22台車はどうだろう」

「TR23では?」

交わされる会話から、検討されているのは基本タイプのばね式台車や、電動車用台車らしいことが聡一にもわかった。ほかの意見として、ウィングばね式のものや、軸ばね式の候補も出されていたが、どれも決定打にかけるらしく、話し合いは難航していた。

これまでのメモをじっと見つめていた聡一は、ふと口を開いた。

「あの」

おずおずと言葉を発してみると、平林が言った。上から降ってくるような声だった。

「なんだ、言ってみろ」

「は、はい。あの、ＴＲ37と、ＴＲ39、ＯＫ‐１ではどうでしょう」

これまでの実験で使われた台車から数値が大きく外れない台車の組み合わせだった。

するとどこかから失笑がもれた。

「ＯＫ‐１はないだろう。あれはまだ試作品だ」

「そうですけど」

鼻であしらうような声に、聡一は肩をすぼめたが、平林は、はっとしたような声を上げた。

「それは悪くない。ＯＫ‐１は試作品といえども、数値はよかった」

するとほかの技術者もうなずいた。

「そうですね。我々がやるのは、開発の基礎資料をつくることだ。試作品が入ってもいい」

賛成意見が出て聡一は、すぼめた肩を伸ばしたが、平林も意外そうに言った。

「しかし松岡、よくそんな発想が出たな」

「いえ、ちょうど大学で、実証実験の方法を教わったところだったんです。メモの中から、有効そうな組み合わせを拾っていきました」

「大学に？」

「勉強不足なので、夜学に入り直しました」

「そうか」

聡一の答えを聞くと、平林は口のはしを緩めた。笑顔を見たのは三回目だった。

一方で聡一は、機械を触るのも好きだった。手先の器用さは祖父譲りらしく、慣れてくると作業が楽しくさえあった。頭でっかちな論争に疲れると、気分転換にコンさんのところへ行った。

「なかなか筋がいい」

コンさんからのお墨つきをもらい、リスと肩を並べてつくるのは、実験に使うための台車の部品だ。

「どうや。今度の実験はうまくいきそうか」

「どうだろう」

「しょっちゅう実験やなあ」

「夢を現実にするのは大変だよ」

聡一は、コンさんが削りあげた部品を丁寧に磨きながらうなずく。

「だいたいあんたらがしゃべっとるんは、日本語か？　数字やら記号やらしか聞こえへんで」

「ははは」

同じ作業をしながら、リスは眉を寄せた。バラック内で交わされている会話が聞こえているのだろう。

「まあ、本当に難しいよ」

実際、平林の取り組んでいる解析は、欧米でも解明されていないという先進的なものらしい。聡一にはもちろん理解できなかったが、理論化されることにより、台車が単純な形に進化するのだという。

聡一たちの手の中では、削られた鉄の表面はこまかいヤスリで磨かれて光っていた。その表面を見て、聡一はふと思った。

「これと同じかもしれないな」

鉄の表面の余分なものがヤスリで磨かれて光るように、計算も余計なものをそぎ落とし、簡潔にすると正確にできる。それにより台車もシンプルになり、それがつまりは安全な高速化につながる。

「何がや」

「計算も、台車も部品も、余計なものを除けばうまくいくってことだ」

意外な共通点を見つけたような気がした聡一だったが、リスはぽかんとした。

「……お前大丈夫か。疲れすぎとるんやないか」

心配しているようだった。

さらに聡一はたまに、隣のバラックの木崎の仕事をのぞいてみることもあった。

バラックの中は、相変わらず換声にあふれていたが、不思議なもので、木崎の声は妙に耳についた。声が太くて大きいせいもあるが、興味があるからだろう。一直線に聡一の耳に入ってきた。

銀河や桜花をつくった技師による、全く新しい夢の乗り物は、いったいどんな姿になるのか。曲がりなりにも、自分のつくった模型を土台にしているであろう夢の列車の誕生が、聡一は楽しみでならなかった。

9

その日の仕事を終え、聡一はいそいそと総務部の受付へ向かった。今日、心高鳴ることがあったのだ。

「松岡さん」

鈴の音のような声に呼び止められたのは、昼休みのことだった。昼食を済ませて中庭へ出たところ、後ろから声がして振り返ると、立っていたのは寧子だった。一瞬のうちに血液が頭に集中してしまったようになった。

「あ、越川さん」

「あの、帰りに受付へ寄っていただけますか」

話をするのも久しぶりだったが、話しかけられた上に何やら誘いまで受け、聡一は完全に上ずった。頭の中には、次々に花が咲いた。

「えっ、帰りに？」

もしや、デートの誘いでは。

期待に胸が一気に膨らんだが、寧子は早口で言った。

「畑で野菜がたくさん穫れたから、おすそわけしたいんです」

「はあ、野菜」

花は散り、なすやきゅうりがたわわに実る。

「お忙しいところ、呼び止めてごめんなさい」

そう言いながら、走って行ってしまった。寧子は最近、お茶くみや事務手伝いから、電話交換手に換わっていて、忙しくなっている。

結局寧子の用事は、「野菜を取りに来い」の一件のみだったが、聡一にとってはそれでも心が高鳴った。午後の仕事はついつい、気もそぞろになってしまった。

「ふんふんふーん」

仕事を終えた聡一は、鼻歌を歌いながら受付に行き、

「おつかれさまで〜す」

高鳴る胸のままにガラス戸を押しあけた。しかし、すでに誰の姿もなかった。

「遅かったか」

こんなことなら、仕事をほっぽってでも、定時に来ればよかった。無責任な後悔がこみ上げてきたとき、

「おまたせ」

奥から男の声がした。

「え？」

出てきたのは、池藤だった。他に誰もおらず、自分にかけられた声かと首をかしげると、池藤はあからさまに顔をしかめた。

「きみに言ってるんじゃないよ。あれ、越川くんは？」

言いながらきょろきょろとした。

「越川くん？」

思わず反応してしまうと、池藤は少し顎を上げた。

「野菜が重そうだったんで、駅まで送ると言ってあったんだが」

池藤のポマードできっちり固めた七三の髪が光っている。おそらく、寧子にそう言い置いて、洗面所で身だしなみを整えてきたのだろう。

「僕がここに来たときには、誰もいませんでしたが」

「……ふん」

あてが外れたように鼻を鳴らした池藤は、自分の机の上の荷物を取った。黒い通勤かばんと紙袋。聡一は、それと同じ紙袋を受付カウンターの上に見つけた。

あれ？

聡一は眼鏡を押し上げた。紙袋には、何かが書かれたメモ用紙が貼り付けてあり、そこには自分の名前が書かれていた。

松岡聡一様
「はい？」

メモに名前を呼ばれたように近づくと、呼んだ相手の名前も小さく書かれていた。

越川寧子
「女子職員が育てた野菜だ。今日はたくさん穫れたから、ほかの部署にも分けたんだろう。きみだけにじゃないぞ。たまたまだ。勘違いするなよ」

池藤はつんつんとがった声で言い、聡一をせかした。

「施錠するから出て行った、出て行った」

「あ、はい」

聡一は、見えない相手に向かって押しいただくようにして紙袋を抱えると、総務部を出た。


「あれ？」

その後ろ姿を認めて、聡一は思わず大きな声を出してしまった。ペダルを踏む足数を増やして、後ろ姿に追いつく。大きなリュックサックを背負っている。

「越川さん」

ふいに呼ばれた寧子は、首だけで後を振り返ると立ち止まった。

「ああ、松岡さん」

両手にも大きなずだ袋を抱えた寧子は、動きづらそうに体の向きを変えた。小さな顔のほとんどが袋に隠れている。

「野菜ですか」

自転車から降りて並び、礼を言う。

「今、僕もいただいてきました。ありがとう」

荷台に縛った紙袋を指差した。

「はい、みなさんで食べてください」

袋の向こうから声がした。

「よかったら、駅まで持ちましょうか」

普段なら勇気のいる申し出だが、寧子の持っている大荷物のおかげで、照れもしないですんなり出たのはよかった。

「いえ、大丈夫です。私、力はあるんです」

寧子は勝気に言ったが、

「でも、それでは前が見えません」

と、聡一が言うと、ちょっと考えるような間ができた。その隙に、

「どうぞ、ここに載せてください」

寧子の手からずだ袋を取り上げ、サドルに乗せた。荷物が落ちないように、ずだ袋のひもをハンドルに結ぶ。

「乗れなくなりましたね」

「押していきます」

「すみません。隣近所にも配ろうと思って。うちは田んぼを持ってないから、終わった後の田んぼを借りることになったんです。そのお礼にと思って」

「配給米じゃ足りませんからね。うちは親戚が農家だから助かってるけど」

「農家に野菜のお礼なんかじゃどうかと思ったけど。気は心ですから」

「そうですね」

答えながら、聡一はぐるりを見渡した。池藤がいやしないかと確かめたのだ。

「どうしました？」

「いや、池藤さんが越川さんと約束をしていたように言ってたから。これをもらいに行ったとき」

聡一が言うと、寧子は少し困ったように眉根を寄せた。

「池藤さんは帰り道が反対方向なんです。それなのに送ってもらうのは申し訳ないから、辞退してきました。そう言ったのに聞こえなかったかしら」

「聞こえなかったんでしょうね」

聡一は奥から出てきたときの池藤を思い出した。髪の毛はなでつけていたが舞い上がっていて、いかにも心ここにあらずという感じだった。すでに寧子を送って行く妄想でいっぱいだったのだろう。

「僕には気遣い無用です。方向は同じだから」

「駅の近くですか」

「え、まあ。それに自転車ですから、重たくもないし、帰りも速いから」

本当は駅まで行くと大学には遠くなる。しかし、なんとなく離れがたく、聡一は頼もしげな笑顔をつくって見せた。

「ありがとう」

寧子の笑顔に聡一はつい目を伏せる。胸が勝手な鼓動を刻んでいた。これまでに感じたことのない鼓動だ。子どものころ、いたずらがバレそうになったときとも、マラソンをしたときとも、発熱して息苦しかったときとも違う、もっとせっぱつまったぎこちない鼓動だ。それでいて、甘やかに響いている。そのせいで、声が出ない。

二人の背中を、夏の夕日が最後の光を届けるように照らしていた。足下から伸びる長い影を見つめる。自転車を間にして、長い影と短い影。

僕は今、越川さんと一緒に歩いているんだ。

その実感は、聡一の胸をちくちくさせ、足を数センチほど宙に浮かせた。

「歩きづらくないですか」

「はい。歩きづらいです」

「すみません、重いですよね。やっぱり自分で持ちます」

「はあ?」

自分の心と会話がずれていて、聡一は慌てて聞き返した。歩きづらさは、二人で歩ける喜びをかみしめていたからなのだが、寧子は、重量を心配したようだ。

「いや、それは大丈夫です。大丈夫なんで」

ずだ袋に手を伸ばす寧子を、慌てて押しとどめた。

「そうですか？　すみませんね。野菜が思ったよりたくさんできちゃって。やっぱり満州よりも気候がいいからでしょうね。面白いように穫れました。もしかしたら、鉄道総局の土地に養分がたくさん含まれていたのかしら」

「うーん。機械油は染み込んでいるでしょうけどね」

「機械油」

いかにもまずそうな養分だったのか、寧子の声が湿ったので、聡一は慌ててつけ加えた。

「でも中庭は、じつに日当たりがいいですよね。木もたくさん生えています。桜やくぬぎやくすのき」

すると寧子は何かを思い出したように、顔を上げた。

「そういえば前に、松岡さん、木に登って葉っぱを取っていたことがありましたよね」

「え？　そうですか」

「はい。松岡さんが入社されてすぐのころです。葉っぱを集めてらっしゃいました」

「ああ、そういえば」

風の抵抗を調べる実験のために、葉の採集を木崎から頼まれたことを思い出す。

「あのとき、松岡さん葉っぱを引っ張りながら、何かぶつぶつおっしゃってました。それで私、近寄って聞いてみたんです。そしたら『すまんね、これも技術進歩のためだ』って」

「へえ、そんなこと言ってました？」

「はい。葉っぱの命を取るのが申し訳なさそうな感じでした。優しい方なんだなあと思いました」

「……」

聡一はうつむいた。そう言った寧子の横顔に夕日が当たっていて、眩しかったせいもあるが、自分の顔が赤くなっているのもわかったせいだ。夕日のせいだとは、とても言い訳できないほどに、熱くなっていた。

「ありがとうございました」

気がつくと、駅についていた。

「あ、こちらこそ、どうも。あ、これ」

聡一はサドルに縛り付けていたひもをほどき、ずだ袋を寧子に返した。改めて持ってみると、ずっしりと重たい。

「重たいですよ」

「はい。大丈夫です」

すでに背中のリュックで沈みそうな腕でずだ袋を大事そうに抱え、寧子は頼もしい声を出す。顔が見えなくなったので、聡一は袋に笑いかけた。

「気をつけて」

「さようなら」

改札口に歩いて行く寧子を、聡一はしばらく見送った。

そして、大急ぎで大学に向かった。

列車で少し北に進むと、風景が雑然と込み合ってくる。このあたりは、東京大空襲でいちばんひどく焼かれ焦土となったが、一年の内に見る見る建物が建て込んだ。まだバラックも多く残るが、いくつか鉄筋コンクリートの建物も建築中だ。

寧子は日々変わりゆく車窓の景色をながめながら、なんとなく穏やかな心持ちだった。列車の座席で、膝に野菜の重さを感じながら見る車窓では、ちょうど日が沈みかけていて、風景を薄紅色に浮きあがらせていた。

車内に差し込む光に目を細めながら、寧子は胸の内で松岡聡一のことを反芻させていた。

聡一は、駅までの道々、新型列車開発の話をしてくれた。設計や実験のこと、実験のためにつくる部品のこと。その多くは、寧子にはわからない専門的な説明だったけれど、聡一は一生懸命話してくれた。顔を赤くして語る聡一の目は生き生きとしていた。夕日を受けて赤く燃えていた。

いや、朝日だ。

寧子は、風景に溶け込む夕日を見ながら思う。松岡聡一の目は、これから街を照らす朝日みたいだったと思った。

「松岡くーん、気ぃつけた方がええで」

妙に間のびしたような声で、リスが話しかけてきたのは、寧子を送って帰った日から一週間ほどがたったころだった。昼休み、食堂で弁当を食べていると、隣にリスがやってきた。

「なにがですか？」

アルマイトの弁当箱から麦飯をかき込みながらたずねると、リスはいたずらっぽい目をきょろきょろと動かした。

「越川寧子」

「ぐっ」

思わぬ名前に、聡一はむせて目を白黒させる。

「池藤が狙《ねろ》とるそうやで」

「え？」

狙とる？　池藤が。

聡一は池藤に対して良い印象を持っていなかった。入社のころこそ、頼っていたものの、だんだん疑問を感じるようになっている。たとえば池藤は、この研究所の軍出身者と古参の鉄道技術者との対立構造のせいで仕事がやりにくいとぼやいているが、本当の問題は、国鉄本社の圧力のほうではないかという気がしている。双方を反目させておくのは、上が統制するのに都合がいい。そこでふんぞり返って権力をちらつかす池藤は、あまり信用がおける人物ではない。

「狙っているとは」

お茶をごくりと飲み下して聞くと、リスはにやりと笑った。

「贈り物攻撃しとるらしいで。石鹸とか、タオルとか。それで越川の気を引くつもりやろ。あいつの実家は土地持ちらしいからな。田んぼもぎょうさん持っとるから、あっちこっちから物々交換に来るんやろ」

「そうですか……」

「そうですか、ってお前、このままひっこんどってええんか」

「なにが、ですか」

「なにがって、好きなんやろうが、越川寧子」

「ぐっ」

またもむせた。さっきからリスが、寧子の名前を連発するたびに、胃の中で麦の粒が騒いでいる。

「このままやったら負けてまうで」

「そんな、越川さんは物でつられるような女性ではありません」

聡一は断言できる。二年間も、寧子のことを見てきたのだ。寧子は家族思いで働き者の芯のしっかりした女性だ。目先の物に騙されて、人物を見誤ったりしないはずだ。

改めて池藤はくわせ者だという思いが突き上げてきた。旧軍人と古参鉄道人の対立をあおりたて、自分は鉄道総局の笠をかぶりながら、高見の見物よろしく、面白がっているのだろう。しかも寧子を狙っているとは。

くーっ。

「越川さんは家族思いのしっかりした人です。池藤なんか、池藤さんなんかを越川さんが好きになるはずがないっ」

寧子にちょっかいをかけていると聞いた時点で、池藤への敵対心が数倍になってしまい、聡一はつばを飛ばした。

「わからんで」

しかしリスはわけしり顔で首を振った。

「その家族思い、が泣き所なんや。そういう優しい子が、困っとる家族を楽にさせたいって思わんわけないやろ。家族を楽にするためやったら、ちょっと嫌な奴とでも結婚しようと思うかもしれんで。こんな物のない時代や、まずは物。愛より物。案外女はそういうもんやで」

「け、結婚？」

聡一の全身から力が抜けた。

今食べたばかりの弁当のエネルギーが抜けていく音が聞こえたようだった。

「おおい、平気か」

そのまま椅子からずり落ちそうになっていた体を、リスが腕を引っ張って戻してくれる。

「ま、そやけどまだ目はあるな」

「目はある？」

体を戻しながら、聡一は聞いた。あまりに頼りない気持ちになったせいか、藁をもつかみたかった。

「そや。目には目を、歯には歯をや。池藤がその気なら、お前だって同じようにやったらええんや」

「同じようにって、僕にはそんな財力ないですよ」

「大丈夫や。手はある。石鹼も、衣料品も、米も難なく手に入る方法がある。うまくいけば高級化粧品やらももらえるで。化粧したら越川寧子、もっとべっぴんさんになるで。わしについてこいや」

リスは底光りさせた目を細めた。

ジャン、ジャラジャラジャラ
ジャラジャラ、ジャンジャン
聡一が連れて行かれたのは、駅裏のパチンコ店だった。大学があるからと断ったのに、「十分もあれば、石鹸の一個くらい取れる」と、強引に引っ張られた。

「すごい音ですね、ここ」

聡一はまずその騒音にびくついた。店内いっぱいに鉄の球同士がぶつかる音が響いている。研究所の作業場で、鉄を削る音には慣れているものの、まるで音の種類が違う。責め立てられる感じで、今にもとって食われそうだ。ラジオも音量いっぱいにかかっていて、ときどき人のどなり声もあがる。

「姉ちゃん、玉出ないぞ」

「つまったぞ」

しかも天井までたばこの煙が充満していた。

駅裏にパチンコ店ができたことは知っていた。終戦から、立てつづけに数軒できている。勝てば珍しい景品がもらえるとかで、最近は景品自慢が研究所の従業員たちの昼休みの話題にもなっているが、聡一はまだ遊んだことはなかった。

リスにならって十円分のパチンコ玉を買い、玉の箱を持って後に従う。

「いいか、釘をよく見るんやで。出る台は釘の角度で決まるんや」

込み合う通路から目を光らせて、一つひとつ台をチェックしながらひと回りしたのち、リスは隣り合った二人分の席を確保した。

「最高とは言えんけど、このへんでええやろ。あとは腕や」

自分の右腕を左手でぱんぱんと叩き、不敵に笑って見せた。

「まあ、見とき」

「は、はあ」

「よーし、やったるでえ」

怖気づく聡一の隣でリスは腕を二度ほど振り回し、レバーに親指をかけた。黒眼がくっと引き締まっている。仕事中はおよそ見たことのないような顔だ。

パチンコの構造は簡単だった。全面に釘で通路がつくってあり、ところどころに穴がある。親指でレバーをはじくと、玉が飛び、玉は釘の間を通りながら上から下へと落ちて行く。その途中で穴に入れば当たり、打った玉の数倍の玉が出て、入らなかった玉は、下の出口に吸い込まれていく。玉が入るか入らないかは、レバーをはじく力と釘の角度で決まるらしい。

「釘を見て、うまいこと力を加減するんやで。しっかり穴を狙うてな。よーしっいったあ」

説明している間にも、最初のチャンスが訪れたようで、リスは親指を忙しく動かした。

「よし、よし、よし」

早くも目が血走っている。

「ほらお前もやってんか」

ジャラジャラと音をさせて出てくる玉に見とれていると、リスが口だけでせかした。

「は、はい」

聡一はおそるおそるレバーをはじいてみた。

「あれっ」

「あらっ」

「ええ?」

まずは連続して三回はじいてみたが、玉の威力は弱すぎたり強すぎたりして、うまく軌道に乗らなかった。

「怖がりすぎや。もっと攻めんと」

言われて今度は気合を入れたが、力も入れすぎたのか、玉は大きく弧を描いて下の出口に直行してしまった。力加減をなかなか定めることができないが、ひと箱十円分だと思えばどうしても慎重になってしまう。箱に百個ほどの玉が入っていたとして、一個当たり十銭だ。目の前でどんどん吸い込まれていくのは、玉に形を変えた十銭だと思うと、無鉄砲な攻撃にはとても出られなかった。

「よおしっ、今日はええどー」

おたおたする聡一の隣で、リスの調子は良さそうだった。腹の前あたりにある出玉口から、景気の良い音を立てて玉が流れ落ちている。つまり打った十銭が一円にも、二円にもなっている。それは理解できる。理解はできるのだが、やはり聡一には思い切って打つということがどうしてもできなかった。

結局リスが五つの玉箱を重ねたところで止め、一緒に店を出た。聡一はとっくにひと箱分を打ってしまい、リスの背後に立って面白いように当たり穴に吸い込まれて行く玉の行方を追っていた。

「どや、面白かったか」

「いいえ、ぜんぜん」

「そやけど一回か二回くらいは、当たったんやろう」

「ええ、それは」

「そんときどうやった？　背筋がびりっとせんかったか」

「いえ、べつに」

確かにいくつかの玉は当たりに入り、そのつど出玉口から玉はいくつか流れてきたが、それにさえなぜか聡一は慌てた。因果関係はわかったが、規則性がつかめなかったからかもしれない。ともかく、聡一はてんでばらばらに動く、頭と指と玉に翻弄されて戸惑うばかりだった。

「そうか」

リスは値ぶみするような目で聡一を見、

「向いてへんのかもしれんな」

とつぶやいた。

「手先が器用なやつが、みんな向いてるとはかぎらへんのやな。もうやめといたほうがええわ」

「そうですね」

言われなくても、もうこりごりだった。

「ほら」

肩をすくめると、リスは励ますつもりかマッチの大箱をひと箱くれた。カウンターで換えてもらった景品だ。大勝したらしく、大きな紙袋を抱えている。

「ありがとうございます」

受け取りながら、この贈り物では池藤には勝てないだろうと、ますますわびしい気持ちになった。

10

「あ、貼り紙だ」

その日の朝、平林研究室の前まで来て、聡一は入口扉に目を留めた。

〝夢想村〟

乱暴に書かれた貼り紙が、〝高速台車振動研究会〟の看板の隣に、並べて貼ってあった。

「またか」

聡一はつぶやいた。このところ何度かこの貼り紙の憂き目に遭っている。夢の超特急を本気でつくろうなんて夢想だという批判は、耳だけではなくこうして目からも入ってくる。

「……」

聡一は貼り紙を引っぺがし、ぐしゃぐしゃと丸めた。

「またやられたか」

声に振り向くと、平林が入ってきたところだった。

「あ、いや。おはようございます」

聡一は手の中のものを握りつぶした。なるべく目に触れさせないつもりの代物だが、平林にはお見通しのようだ。

「そんなの今のうちだけだ」

「そうでしょうか」

実験の数をこなし、それなりのデータも集まっていたが、聡一には今一つ不安がぬぐい切れなかった。社内の抵抗勢力が全然おさまらないのだ。そのせいで、平林研究室は場所を転々としていた。当初はともに作業をしていたコンさんたちとも離れている。

「今に世界をアッち言わせますよ」

叔父はそう言っていたが、そんな日は本当に来るのだろうか。この壮大な計画が、日の目を見ることがあるのだろうか。実現どころか、世の中に知られる前に、頓挫してしまうのではないかと思うとやりきれない。

「粘っちょけ」

そのたび、叔父の言葉を思い出して、なんとか気持ちを立て直すのだが、考え始めると、目の前に霧が立ち込めて、列車の姿が曇ってしまうこともあった。

しかしそんな聡一の危惧とは裏腹に、今日の平林は、機嫌がよさそうだ。持ってきた大きな風呂敷包みを大事そうに机の上に置いた。

「それはなんですか」

聡一が風呂敷に視線を留めると、平林はいそいそと結び目をほどき始めた。

見せてくれたのは、新しい模型実験の設計図だった。

平林は、先の蛇行動実験を基に、独自に解析を進め、実験を繰り返していた。

聡一は設計図に目を近付けた。「二段リンク試験装置」と銘打たれている。

「以前やった模型実験から思いついたんだ。これがうまくいけば、国際鉄道連合の研究組織が募集している懸賞論文に応募するつもりだ」

「国際？　世界ですか？」

ふさがれた視界がぱっと広がったようだった。

「ああ、入選すればヨーロッパを回って各国の研究機関を見学に行ける」

「な、なんと」

「松岡くん、きみもこの装置をつくってくれるかね」

「は、はいっ」

平林の要請に、聡一はばね仕掛けみたいに上体をはね上げた。


実験装置の製作には、軍出身の石本と岡部という技術者が主に当たった。二人は零戦のフラッター事故解明のための実験用装置をつくったことがある経験者だ。一員とはいえ、聡一にできることは少なかったが、装置づくりはお手のものである二人の仕事を見るだけでも楽しかったし、これで、嫌がらせをしかけてくる輩をぎゃふんと言わせることができるとなれば、胸もすかっとするだろう。

明るいバラックの外で、模型車両に車輪を取り付けていると、頭上から声がした。

「模型をつくっているのか」

「あ、お久しぶりです」

声をかけてきたのは、職人のコンさんだった。同じ研究所に勤めているとはいえ、バラックが離れてからは、滅多に顔を合わせることがなくなっていた。

「はい。蛇行動の実験装置をつくっているんです」

「……ほう」

「バラックの中は暗いので、小さいところはやりづらくて。あ、でも曇ってきちゃったな」

手先は器用なものの、視力が良くない聡一は、自然光の下で作業をしていたのだ。

だが、一気に手元が暗くなってしまった。

「ちょっと貸してみろ」

「あ、はい」

コンさんが差し出した節くれだった手のひらに、聡一は車体と車輪を乗せた。

「このリムにつければいいんだな」

コンさんは細い部品をつまみ、あっという間に車輪を車両に取り付けた。

「すごいな」

聡一は息を呑む。と、同時に自分の弱点を思い知らされたような気になった。

「僕は目が悪いから、だめですね」

つい自嘲的に言ってしまったが、コンさんは笑い飛ばした。

「俺だって老眼だよ。かすんで見えねえよ」

「え、そうなんですか」

「ああ、でも指先に目がついてるからな」

コンさんは薄く笑って、模型を返してくれた。

「ええ、指先に?」

「ああ。手が仕事を覚えてるんだ。目が悪くなっても少々のことは手がカバーしてくれる」

この話をコンさんから聞くのは二度目だった。配属されたばかりの技術班で、コンさんは、「技術は人を裏切らない」ことを聡一に教えてくれた。

「……」

聡一は自分の手をじっと見た。この手にも第二の目をつけることができるのだろうか。

「だが、蛇行動の実験装置をつくってみたことなんかなかったな」

コンさんはぽつんと言った。

「はい。飛行機ではやっていたそうです」

「……そうか」

コンさんは何かを考えるように模型を見つめ、またぽつんと言った。

「新しいものは、飛行機と鉄道の力を合わせてできるんだな」

そう言うと、すっと立ち上がり去って行った。


聡一が鉄道技術研究所で働きはじめ、五年程がたった。それなりのキャリアを経て、後輩も年数分だけ増えた。責任のある仕事も任されるようになり、ある程度の自信はつけた一方、寧子との関係はまったく進んでいなかった。

「なにしとんのや。とられるで」とせっついていたリスも最近では何も言わない。恋仇である池藤との間にもなんら進展はなさそうで、とられる危惧はなさそうだからかもしれないが、単に飽きたのだろう。

寧子は変わらず潑剌と仕事をしているようだった。聡一もまた、そんな寧子の姿に対し安心とも寂しさともつかぬ気持ちを抱えつつ、仕事に精を出していた。やろうとさえ思えば、汲めども尽きぬほどあるのが仕事というものだ。日々の暮らしは早足で過ぎていった。

聡一が久しぶりにゆっくりと木崎正道と話をしたのは、九月も半ばのことだった。

昼休み、食堂から作業場へ戻ろうとしたところ、中庭に木崎を見つけたのだ。木崎は何かを一心に見つめていて近寄りがたいほどだった。

何を見ているのか。

「トンボ？」

その視線の先にあったのは、トンボだった。研究所の向かいは旧芝離宮恩賜庭《きゅうしばりきゅうおんしてい》園《えん》なので昆虫も多い。鋳造や鉄を冷やすのに使う水ガメもあり、そこに卵を産みつけるためトンボは珍しくはないが、なぜか木崎は真剣に見つめていた。

「お疲れさまです」

挨拶をするのでさえはばかられるほど見とれている様子だったが、声をかけてみると、木崎は聡一に視線を向けた。

「やあ、松岡くん」

「お好きなんですか、トンボ」

「ああ、そうなんだよ。子どものころからなぜか好きだったんだが」

木崎はまた、ふわりふわりと空中遊泳をするようなトンボに目を移して言った。

「飛行機をつくるようになって、さらに好きになった。トンボは飛行機よりもずっと高度だよ」

「へえ」

ふ抜けたような返事をする聡一に、木崎はその場に座り込み、落ちていた木の枝で、地面に絵を描き始めた。

「飛行機の主翼は一つだが、トンボの主翼は二つあってそれが前後に並んでいる」

設計士の木崎は絵もうまかった。

「確かに」

「これが優れているところの第一。しかもトンボは飛行機の垂直尾翼に相当する方向安定板を持っていない。なのに飛べる。これは不思議なことなのだ」

聡一は飛行機の形を思い浮かべてみた。飛行機のお尻には三角形の尾翼があるが、それが方向安定板であることまでは知らなかった。幼いころ紙飛行機はよくつくっていたが、尾翼の意識まではなく、もっぱら主翼の大きさと頭に重心を置くことにこだわっていた。

木崎の説明によると、トンボは羽根を持つ昆虫の中でもひときわ滑空がうまいのだそうだ。ふわふわしていて、見るからに頼りない飛びっぷりだけに、あまりピンとこない話だったが、木崎はやおら立ち上がった。

「こんなふうに、ときどき羽ばたきながらゆっくり飛んでいるときの速度は、無風状態でせいぜい毎秒2メートルほど」

たなびくように浮遊するトンボを指し示しながら続ける。

「けれどもそれでは風が吹くと飛ばされる。しかも風は一定方向からだけ吹くものではない。トンボは自分の飛行速度の半分くらいの強さで吹いている、向きのわかりにくい風の中を平然と滑空しているのだ」

「そうなんですか」

そう言われると、何気なく見ていた頼りないほどの飛び方が、高度な技術にも見えてきた。

「これは飛行機に当てはめると、台風並みの毎秒40メートルの風の中を、その倍の速度である時速300キロメートル弱の速度で飛んでいることになる。そんなこと飛行機ではありえない。それがどうしてトンボにできるのか、わかるか」

「トンボだから」

「そうなのだが」

単純すぎる答えに木崎は苦笑したが、トンボの空気力学と飛行力学をはるかに超えた飛行技術についても図解しながら説明してくれた。そして、

「一木一草一鳥一魚。それらこそ最高の教師だ」

説明し終えた木崎は言った。

「なんですか、それ」

「自然にはかなわないということだ。自然のありようは、実に理にかなっている。そして美しい。永遠の教師だ」

「美しい」

聡一はくりかえした。木崎が美しい列車づくりにこだわっていたことを思い出した。あれは単なるデザイン性ではなく、自然の理を重要視していたからだろうか。

「美しさは、正しさに通じる。そして正しさは速さと安全を生む」

「安全」

はっとした。木崎が重点を置いている美しさは、速さだけではなく、安全のための条件だったのだ。自然が持つ合理性。

薄い繊細な羽根で風をつかみながら、気持ちよさそうに飛ぶトンボを見つめながら、聡一が美しさの根拠に思い至ると、木崎がぽつんと言った。

「島理事が、辞職をされるそうだ」

「桜木町《さくらぎちょう》事故の責任をとって、ですか」

聡一は苦々しい顔で答えた。

一九五一年四月二十四日。国鉄車両は大きな死亡事故を起こしていた。桜木町の駅に入ってきた列車のパンタグラフが架線に引っかかり、切れた架線が木造屋根に落下して車両が燃えたのだ。この事故で百五名もの乗客が犠牲になった。実験と試作を重ねて車両の計画が本格化しようとした矢先の事故だっただけに、研究所の現場も大きなショックを受けた。

百五人もの犠牲者を出したからには、鉄道車両の最高責任者の辞職は致し方ないが、高速電車の開発の大きな後ろ盾でもある島秀雄の辞任は痛い。心の太い柱を外されるような思いだろう。木崎は悔しそうに顔をゆがめていた。

「我々はどうしても、安全で速い特急をつくらねばならない」

「そうですね」

誓いを立てるように言う木崎に、聡一もしっかりとうなずいた。

夏と秋の空気が入れ替わったころ、聡一は一つの決心をした。寧子に交際を申し込むのだ。自分の気持ちはすっかり固まっている。何しろ出会ってから五年がたっている。自分の思いを告白するのに、もう迷いはなかった。

気がつくと、寧子ばかりを目で追っている聡一だが、最近寧子の視線をなんとなく感じることがある、気がする。勘違いかもしれないが、いつもくれる野菜もほかより少し多いような、気がした。池藤から贈り物攻撃を受けていると聞いていたが、昨日もらった野菜袋は、池藤の袋よりも膨らみが大きかった。と、思いたかった。だいたい池藤に対する寧子の態度にはちょっとよそよそしさを感じていた。それどころか、迷惑しているようなふうにも見えた。

思い違いかもしれないが。

とはいえ、聡一ももう二十四歳。曲がりなりにも仕事も覚えた。新しく所帯を持つのに、若すぎることはない。

今朝、聡一は三十分ほど早く家を出た。鞄の中に石鹸を一つ忍ばせてあった。通常使っている硬い洗濯用ではなく、箱入りの高級な化粧石鹸だ。手に入れたいきさつは、パチンコではない。一度の経験でパチンコには向いていないとわかった聡一は、物は試しと宝くじを買ってみた。宝くじの景品もパチンコ同様、日ごろ手に入りづらい生活用品を取りそろえていた。だがこれもなかなか当たらなかったのだが、こつこつと買っているうちに少し結果が出ることもあった。ビスケットやチョコレートを持ち帰ると、弟たちが喜んだ。

そして。

昨日、寧子のことを思いながら買った一枚が高級石鹼を当てたとき、聡一は決心した。

越川さんに交際を申し込もう。

これは神の啓示だと思った。

研究所へは向かわず、駅方向に道を折れる。列車通勤している寧子が乗っているのは、八時三分着の便のはずだ。始業には次の便でも間に合うが、律儀な寧子は早めに出社してくる。

途中線路沿いの道に差し掛かったとき、聞こえた振動音に、聡一はペダルを踏む足の回転数を上げた。

やってくる列車と競うように、改札口に急いだ。息を切らして待っていると、やがて寧子の姿が目に飛び込んできた。一本早いだけで、乗客が少ないせいもあるだろうが、どうやら聡一の目には、いち早く寧子を見つける機能が付いているようだった。胸が高鳴る。

そして、改札口を出てきた寧子もすぐに聡一に気がついた。

「あら」

見開かれた目が朝日の粒子のように、きらきらしていた。息苦しい。

「お、おはよう」

「おはようございます」

駅にいる理由を尋ねるような挨拶に、聡一は答えた。

「ちょっと駅に用事があって」

「ああそうですか。では」

するとは納得したようにうなずき、そのまま行き過ぎようとしたので、聡一は慌てて続けた。

「一緒に会社に行きましょう」

「え、用事は終わったんですか」

「え、まあ」

これが用事ですとは胸の内だけで言う。

「自転車、新しくなったんですね」

寧子は聡一の押す自転車に目をやった。以前、野菜を運んだときのことを思い出したらしい。

「いえ、徐々に部品を替えているんです」

祖父が修理をしてくれた自転車は、五年の間にライトがつき、チェーンもサドルも新しくなった。材料が手に入るたび、祖父が改良してくれるので、まるで新品のようになっていた。

「まあすごい」

すると寧子は声を上げた。素直に感心したようだ。

「器用なんですねえ」

感心の対象は自分ではないが、主語がないので罪にはなるまいと、言い訳をしつつ答える。

「まあ、こういうのは好きですね」

好きなのは嘘ではないし、大事なアピールポイントだ。

そう言ったはいいが、それきり話題は途切れた。急にまた、激しい鼓動が戻ってきた。駅から研究所までの人どおりはほとんど職場の人間だ。それほど多くないだけに、逆に目立つ気もする。

リス。

ふいに心配になって、あたりをきょろきょろ見渡した。もしやリスなどから見られていたら、格好のからかいの種になることだろう。前歯を出してにたにた笑うリスを探したが、あたりに知っている人間はいなかった。

だが、ほっとするどころか、聡一の焦りはなぜだか大きくなった。ここへきて、急に恥ずかしくなってきたのだ。早朝から思い人を待ち伏せして、重大な告白をしようとしている自分が自分で怖くなった。思えば昨夜はほとんど眠っていない。興奮状態のまま、駅まで来たものの、歩いている間に目が覚めて冷静になったのかもしれなかった。

この場から逃げ去りたい。一刻も早く。

聡一は鞄に手を突っ込み、石鹸箱を取り出した。

「あの、これ」

「はい?」

「よかったら使ってください」

「石鹸?」

「はい。いつも野菜をもらっているお礼です」

「そんな。お礼ならお米をいただいていますからそれで充分です。それにこの石鹸は高級すぎるわ」

「いや、いいんです。越川さんにあげたいんです。僕の気持ちです」

「え?」

寧子の眉毛がピンと上がった。何かを察したような目になった。

「パチンコの景品じゃないですから」

稲妻のような速さで言って、自転車に飛び乗る。

「あ、進駐軍にもらったんでもないですから」

大声でつけ加えて、自転車をかっとばした。


すべての感情を勇気に変えて振り絞ったせいか、聡一はほとんどふ抜けのようになって一日を過ごした。そして次の日はただ心配になった。聡一は寧子の姿を探せなかったのだ。どんな人混みの中ででも聡一の目には飛び込んできた寧子が、見つけられなかった。つまり、いそうなところに寧子はいなかった。食堂にも、畑にも、中庭にも。

休みかな。

と思っていたところ、失意のどん底に突き落とされることになった。石鹸が戻ってきたのだ。持ってきたのは、リスだった。

「おい松岡、落としものやってよ」

リスが握っていたものを確かめる声が震えた。

「は、落としもの？」

「ああ、拾ってくれたんが越川さんで助かったな。こんな高級なもん闇市で売ったら五十円は堅いわ」

「拾った？　こ、しかわさん？　返した」

うわごとのように言う聡一に、

「お前も腕をあげたやんか」

リスは、レバーをはじくような手つきをして見せたが、聡一の表情にただごとではないものを感じたのだろう。

「もしかして」

思い当たったようだった。

「贈ったのに返されたんか」

「……。はい。でもいいんです。これでふっきれました。僕はまだ中途半端な人間です。仕事と勉学に猛進します」

「そやな。引き際が大事やな。深追いは危険や」

カラ元気を出す聡一の肩に手を置いて、リスはばくちの心得にたとえて助言をくれた。

「うわあっ」

自分の叫び声に寧子は上体を起こした。あたりはまだ真っ暗だ。

「どうしたの、寧子」

隣の布団から母の小声が聞こえた。起こしてしまったのだろう。

「大丈夫かい？　ずいぶんうなされていたけど」

「ああ、うん。ごめんなさい」

寧子は立ち上がった。額に汗が浮いている。喉の渇きを覚え台所へ向かう。

あの夢を見たのは久しぶりだった。蛇口をひねり、コップの水を一口飲む。冷たくはないがそれでもこみ上げた苦さは多少は流れた。ごくごくと音をたてて、寧子はコップを空にした。

寧子には繰り返し見る夢があった。満州から引き揚げてくるときに見た光景の夢だ。ソ連兵に引きずられて歩く呆然自失の女性と、神輿《みこし》のように担ぎあげられ、半狂乱になっていた女性。忘れてしまいたい光景なのに、悪夢となって繰り返され、脳に焼きついて離れない。それどころか、恐怖は募るばかりだ。正直なところ、当時は意味がよくわからなかった。女性たちがどんな目にあったのか、自分がつかまったら、どんな目にあうのか。

わかったのは、引き揚げ船の中で同乗の女の人たちの話を耳にしたときだった。話の中には自分が見た光景よりも過酷な話もあって、寧子はひどい船酔いを起こし、命からがら日本についた。

引き揚げ後は生活の苦労がのしかかり、夢を見るどころではなかったのだが、生活が落ち着いてきたころから悪夢を見るようになった。昼間は忘れていることだったので、自分でも不思議だった。

なんの前触れもなく見るときもあれば、眠りに落ちるとき、なんとなく胸騒ぎがすることもある。ソ連兵の高笑いや、女の人の低い咆号が耳の奥で鳴り響いて飛び起きるたび、寧子は心底恐ろしくなった。

それでもここ一、二年くらいは、悪夢を見ることはなくなっていて、少し安心していたのだ。

もしかしたら。

と寧子は思っていた。

松岡さんのおかげかもしれない。

聡一と頻繁に話すようになってから、寧子はこれまでに感じたことのない気持ちを自分の中に見つけていた。くすぐったいようなそれでいて心安らぐような、不思議な心持ちだ。昼休みの食堂など、人が集まる場所ではつい聡一を探していて、見つけると心が弾んだ。胸のときめきを、誰かに打ち明けたい気分だけれど、まだ誰にも言っていない。それすら、封じ込めておきたいほど大事なもののように思えた。

それなのに。

聡一からの贈り物の意味を悟ったとたん、体の芯が冷たくなった。自分でもまったく予期しない反応だった。心は嬉しいと感じているのに、体は固く冷たくなってしまったのだ。そして夜中に夢を見た。

「またあの夢を見たのかい?」

布団に戻ると、母が心配そうに言った。

「ええ」

「いいかい、寧子」

そして、母は念を押すように言葉を続ける。もう何度も聞いていることだ。

「引き揚げのときに見聞きしたことは、誰にも言っちゃいけないよ。もし言ったら、お前も同じ目にあったんだと思われる。世間はそういうものだよ。そうしたら、嫁のもらい手どころか、友達もいなくなるかもしれない」

「……わかってる」

寧子はうなずいて、静かに二つの決心をした。

石鹼は返そう。そして。

11

川野学が帰ってくることになった。

一九五一（昭和二十六）年九月八日、サンフランシスコで対日講和条約が締結された。これにより鉄道研究所では、ＧＨＱによって追放された軍出身の従業員を戻せるという期待が高まった。追放された技術者の中には、新しい鉄道の開発のために、なくてはならない人材が多くいた。川野もその一人だった。

川野は電気通信の技術者で、戦時中は陸軍で風船爆弾や機雷探知装置の研究をしていた。鉄道研究所を追放されるまでは、地上信号機に代わる新しい車内信号機の研究に取り組んでいた。危険を感知した場合に、自動的に列車を止める信号機は、車両の安全な走行の鍵を担うものとして大いに期待されていた。

安全な車両。今やこれこそ夢の超特急にとって最も必要な条件だった。速さと安全を兼ね備えた乗り物は、鉄道組、軍出身の垣根を超えた共通の強い願いだ。そのためには、川野の研究が必須であることは、追放を免れた技術者たちも充分認識しており、復帰は悲願でもあった。

講和条約の締結により、現実的となった川野復帰の可能性は研究所を沸かせた。すぐに頓挫していた「安全班」を復活することになり、そのための班員が集められることになった。川野を中心に研究に携わる研究員はもちろん、新しく実験の補佐をする助手も必要だという。研究所では人選に当たったが、そこに越川寧子は名乗りを上げた。

「私も安全班で助手の仕事がやりたいです」

人事を決める幹部たちの会議でお茶を出していた寧子が、突然そう言い出したのだから、一同は一瞬ぽかんとした。

だしぬけな志願だということもあったが、そこにいた誰も、女性の起用など考えてなかったからだ。

助手とはいえ事務仕事だけではなく実験も多い。場合によっては、厳しい現場への同行も求められる。安全装置はいかなる条件でも働かなければ意味がない。南北に長い国土を持ち、四季の気候変化がある日本では、暑さや雪が列車に与える影響は大きい。それらの実験をするために、たとえば真冬の雪国の実験地に赴くこともあるだろう。

「女には無理だろう」

一瞬の沈黙の後、一人の幹部が苦笑いをしながら言った。机の上に坂根《さかね》昇一《しょういち》と名札が出ていた。

「だいたい現場には、女子更衣室はおろか、便所もないんだぞ」

「何を言いだすやら」

「噴飯ものだな」

会議室に失笑がもれたが、寧子は引き下がらなかった。そのために、今日は電話交換手の席を少し抜けさせてもらい、お茶出しを買って出ていたのだ。

「無理ではありません。私やりたいんです」

これが、寧子が決めたもう一つのことだった。石鹼を返すことと、夢の超特急をつくるために、研究現場で働くこと。川野が復帰して安全班が再編成されると決まったときから心にはあった。

入社してから五年、研究所の仕事は外側からではあるがずっと見てきた。ときどきお使いや伝言で研究所へ用事があるときは、必ず買って出ていた。一生懸命に仕事をする職員たちの姿を見るのが好きだったからだ。やりがいと使命感に燃え、一心に仕事をする研究員たちの姿を見ると、寧子の体にも力がみなぎった。寧子にとって、研究所はあこがれの職場だった。

「やりたいって、どんなことをやるのかもわからないで、女が無責任なことを言うもんじゃないよ」

坂根が声を強めた。ピリッと空気がはりつめる中、寧子は静かに声を張った。

「詳しくは知りませんが、列車に装着する安全装置の研究をする部署だとは知っています。新しい列車は振動を最小限にするためにレールを広軌にし台車を工夫する。安定したスピードのために全線高架に上げ、安全装置を車内につける。安全な列車にはなくてはならない部署で、私も働きたいのです」

「……」

「……」

数人が無言で探るような目くばせをし合う。何も知らないと思っていた小娘が、詳しい研究内容を口にし出したのだから、度肝を抜かれたのだろう。

だが寧子にとっては、それは表面的な知識に過ぎなかった。研究所に出入りするうちに、誰がどんなことをしているかもつかめていた。複雑な人間関係も心得ている。さらに少し込み入った仕事内容は聡一からかみくだいて教わってもいた。聡一は興味を持つ寧子に、話をして聞かせるのが嬉しそうだった。

仕事のことを語る聡一の目はいつも輝いていた。朝日のような目を思い出し、寧子はぐっとこみ上げてくるものを押し戻して言った。

「女でもできることはあります。いえ、女がだめなら、男になります。一度は男になったんです」

坂根がぎくっとしたような顔になったところに、寧子は続けた。

「満州を引き揚げてくるとき、私は男になりました。髪を切って、出征した父が残して行った服を着て、妹たちを肩に担いで川を渡りました」

「……」

「……、それとこれとは」

「そうだよ。だからと言って」

歯切れの悪い雰囲気が立ち込めたとき、ドアが開き、きんきん声が聞こえた。

「越川くん、何を言ってるんだ」

池藤だった。寧子の暴走を誰かに聞いたのだろう。慌てた様子で寧子に近づき、その腕を取った。

「すみません。すぐに連れて行きますので」

あたふたと言いながら、引っ張る腕を寧子が振り払おうとすると、太い声がした。

「連れて行かなくていい」

「え？」

不思議そうな池藤の視線の先にいたのは坂根だった。

「そこまで言うなら、やってもらおう。越川くんだったかな」

「はい、越川寧子です」

寧子は池藤の手を振りほどき、返事をした。

値ぶみするような坂根の目を、寧子はじっと見つめ返す。

「大変な仕事になるが、覚悟は出来ているんだな」

「もちろんです」

寧子はしっかりとうなずいた。


その後、発表された人事で、寧子には正式な辞令が出された。

「越川寧子、右の者を新型列車開発研究安全班、研究助手に任命する」

任命式で辞令を読み上げた池藤は、寧子の顔を一切見なかった。あの会議での一件以来、池藤は手のひらを返したようによそよそしくなっていたが、寧子にとってはむしろ都合の良いことだった。

こうして寧子は研究助手となり、安全班の開設準備に入ることになった。


「あっ」

正門のそばにある掲示板で聡一は足を止めた。何気なく見やった目に名前が飛び込んできたのだ。

越川寧子。

石鹼を突き返されてから二か月はたつが、聡一の目はまだ寧子を探してしまっていた。石鹼は返されたものの、寧子の態度はそれまでとは変わらなかったから、会えば笑顔で話をするという関係にも変化はなかった。

それだけに寧子の気持ちを図りかね、聡一は混乱もしてしまったが、少なくとも嫌われているわけではないらしいことは、心の支えでもあった。

リスからちょっとした噂を聞いていた。

「池藤が越川さんの悪口言うてたで。『あんなじゃじゃ馬』とか言うてたけど、あれは逆恨みやな。おおかたふられたんやろう。ふられて悔しいから悪口言うとんのや。ちっちゃい男やで」

リスは最後に「チャンスやで」と付け加えたが、聡一には返事のしようがなかった。

「研究助手、か」

寧子につけられた肩書きに見入っていると、

「松岡さん」

元気に名前を呼ばれた。充分に覚えがある声につい笑顔で振り向くと、同じような笑顔の寧子が立っていた。だが、聡一の笑顔はすぐに消えた。

「どうしたんですか、その髪?」

寧子の髪がずいぶん短くなっていたからだ。脇は両耳にやっとかかるくらい、えり足もうなじがやっとかくれるくらいで、聡一とあまり変わらない短さだ。

初めて会ったときよりも短い。ここに勤め始めたのは、満州から帰ってきて間もなかったので、寧子の髪は短かった。男に成りすますためだった短い髪は少しずつ伸びたが、寧子はそこに流行りのパーマをあてたりはしなかった。いつも首の後ろで一つにまとめていた。その首の後ろの部分がばっさりなくなっていたのだ。

「切ったんですよ。これから忙しくなるから、髪を乾かす手間も掛けていられないと思って」

ずいぶん思いきった行動だと思ったが、寧子は楽しげだった。

「今日から私も研究班にお世話になるんです。隣の部屋だからよろしくお願いします」

新型列車開発の研究所は新しくなり、三つの班の部屋が同じ建物の中に三つ並んでいた。

「あ、はい」

聡一は寧子の勢いに押されるように返事をした後、少し冷静になってたずねた。

「やるのはタイピストですか？」

「いいえ、助手です。研究や実験を手伝うの。専門知識はないけど、新型列車の開発を少しでも手伝いたいと思って志願したんです」

「へえ、そうなんだ」

データを印刷物に打ち込むタイピストやお茶くみの仕事かと思ったのだが、返ってきた答えは予想外で、聡一はややたじろいだ。

「まさか聡一さんも、女だてらにとか思ってる?」

寧子はいたずらっぽく笑ってたずねた。

「いや」

聡一はすぐに首を振った。確かに意外ではあったが、不思議と違和感はなかった。むしろしっくりくるように思える。男たちに交じって、寧子が生き生きと立ち働いている姿が、すでに目に浮かぶようだった。

「越川さんだったらやれると思うよ」

正直な気持ちを言うと、寧子は顔を紅潮させた。

「本当?」

寧子に念を押され、聡一が深くうなずくと、寧子も満足そうにうなずいた。

「松岡さんならきっとそう言うと思った。だって私、松岡さんの仕事ぶりがうらやましかったんだもの」

「僕の?」

寧子の口調がくだけた調子になったのと、自分のことを認めてくれているのが嬉しくて、声が弾んだ。

「そう。私に新型特急のことをいろいろ教えてくれるときの松岡さんは、さも楽しそうだった。だから私もやりたいって思ったのよ。いろんなことを教えてくれてありがとう」

「……そうか」

寧子の感謝を受け止めるには、どうにも複雑な心情だったが、聡一はもうひとつ寧子に指南した。

「新型列車のことを、新幹線電車と呼んでいる。新しい幹線を走る列車という意味だよ」

「新幹線電車」

寧子は大事なことを繰り返すように、丁寧に言葉にした。そして、

「私、頑張る」

決意も新たに寧子は研究所の方に走って行ってしまった。

「……そうか」

その後ろ姿を見送りながら、聡一はやはり複雑な心境だった。

危惧されてはいたが、寧子が飛び込んだ環境は、想像以上に厳しいものだった。

電話交換手のほとんどは女性職員だった。代表電話にかかってきた電話を、それぞれの部署につなぐという仕事は単調ではあったが、気は楽だった。対して研究班の女性は一人。覚悟のことではあったものの、やはり心細くもあった。仕事の種類もまるで違う。わけても信号安全班の研究はまだ準備段階で、手探り状態だった。川野が復帰するまでにやっておかねばならない仕事はたくさんあるようだが、段取りがうまくいかず、あと先になったり二度手間になったりして、そのたびに寧子は怒鳴られた。現場はピリピリしていた。しかも周りは男ばかりで、言葉づかいが荒かった。

「何やってるんだ」

「やり直し」

「急げっ」

怒号が飛ぶたび寧子の小さな体は、はじきとばされそうになった。

強い決意を持って飛び込んだ寧子ではあったが、早々に自分の甘さに気がついた。

しかし泣きごとは言っていられない。

「女は引っ込んでろ」

「女にできる仕事じゃないんだよ」

わざとのような痛罵の言葉を投げつけられるたび、

「引き揚げのときの苦労に比べれば」

と自分に言い聞かせた。

寧子は怒号が飛び交う中、かつて奉天で店と倉庫を行き来していたときのように、作業所をちょこちょこと動きまわった。そのうちに仕事の全体像が見えてきて、何をすべきかの判断もできるようになった。

そして、一九五二（昭和二十七）年四月二十八日。鉄道エンジニア川野学が鉄道技術研究所に復帰した。川野は、両手に分厚い紙の束を携えていた。それは、追放された川野がいつでも研究に戻れるように、独自に重ねた研究の成果だった。約六年の間に積み上げられた膨大なデータ。

その日から、それをタイプで起こすのは寧子の仕事になった。

「お願いします」

じきじきに手渡された資料はずっしりと重たかった。軍人だった川野の再起にかけた熱意とそれが断たれた悔しさ、それでもなお捨てきれない執念。そして復帰の喜びまでもが、残らず全部詰まったような紙の束を、寧子は押しいただくように受けとった。

12

「木崎さんがついに！」

一九五三（昭和二十八）年十月十七日土曜日。朝、食事をしながら新聞を読んでいた聡一は、大声で叫んで立ち上がった。あまり勢いよく立ち上がったせいで、味噌汁がひっくり返ってしまった。

「あらあら」

慌ててふきんで拭きとる母に、聡一は新聞紙を広げて見せた。

「研究所の上司の考えが新聞に載ったんだよ！」

三段見出しの大きな記事だ。

「〝国鉄快速列車設計成る〟だ」

「ほう」

意気揚々と見出しを読み上げると、祖父も身を乗り出した。

「ついに夢の超特急が完成したのかね」

「やったあ」

「お兄さん、よかったですね」

すっかり大きくなった二人の弟も、箸を止めて色めきたった。

「いや、まだ完成じゃないよ。設計のアイディアができたってことだよ」

気の早い家族たちをなだめながらも、聡一も浮き立つ心を抑えられない。

〝国鉄快速列車設計成る〟

〝軽く小さい流線型〟

〝東京―大阪間4時間45分〟

見出しは3行で、木崎の顔写真まで付いている。所要時間こそ、少し抑え目だったが、それでも驚くような数字だ。

「でもこれで、計画が一気に進むかもしれない」

そう願いたかった。正直言って超特急の構想は、目に見えて進んでいるとは思えなかった。試験や実験は繰り返し行っているが、これぞ、という結果はまだ出せていない。技術班の研究は一進一退。だからなのか、相変わらず社内には、計画自体を軽んじる空気もある。けれどもこうして新聞に載れば、社内の意識も変わるかもしれない。

聡一は希望に胸を膨らませた。

叔父夫婦が聡一の家にやってきたのは、次の日の日曜日のことだった。

「これを見たかね」

開口一番叔父が言って、前日の朝日新聞を鞄から取り出した。よほど感激しているのだろう。鼻息が荒かった。

「はい、もちろんです」

聡一はうなずいたが、それ以上の言葉は続かなかった。叔父のように感激したからではなく、手放しには喜べなかったのだ。

聡一は昨日、新聞記事の喜びを胸に出社した。社内も活気づいているだろうと期待していたのだが、案に相違して職場を満たしていたのは、ぎこちない空気だった。

「まったく見切り発車もいいとこだ。上が怒るに違いない」

池藤などは頭のてっぺんから出したような高い声で息巻いていた。

記事はあくまで私案なのだが、国鉄本社に断りもなく記事にしたということで、反発を招いたのだ。

けれどもそんな内情を話すわけにはいかず、聡一は胸を張った。

「私もますます頑張ります」

自分を鼓舞するようなつもりだった。すると、叔父はにやりと笑った。

「そりゃよか。それでじつはお前にもう一つ話があるとよ」

「はい」

叔父は新聞を鞄に収めて仏壇に手を合わせた後、別に持ってきた風呂敷包みを出した。

座敷には、祖父も出てきていて、母がお茶の準備をしていた。

風呂敷の形状を見たとたん、聡一はどきりとした。案の定、中から出てきたのは、女性の写真だった。

「あら、聡一にですか」

「ほう、聡一に」

母と祖父が身を乗り出した。それを受けて、叔母の織枝《おりえ》が話し始める。

「そうなんです。家の近所のお嬢さんですけど、本当に良い方なんですよ。お父さまは中学校の校長先生をなさっていましてね」

「ご立派ですね」

「ご本人は高等女学校で洋裁を勉強なさったの。これからは洋服の時代ですからね。そしてこちらが吊書きです」

織枝は風呂敷から封書も取り出した。相手の経歴が書かれたものが入っているのはわかったが、聡一が手を出さずにいると、母が代わりに受け取った。

「これはこれは」

母は厳かな手つきで表紙を開き、写真を一瞥《いちべつ》してから、吊書きと共に聡一の方へ差し出した。

聡一は一応視線を流したが、やはり手は出さなかった。

「あら恥ずかしがっちゃって」

母はからかうように言って、二つを祖父に渡した。祖父は眼鏡を老眼鏡に換えて眺めてから、

「これはきれいな方ですな」

と仰々しく答えた。叔父夫婦の手前のお世辞というわけでもなく、ちらりと見えた写真の女性は確かに美人風だった。

「聡一さんは、おいくつになられたんでしたか」

「二十六です」

「じゃあ、まあ、そろそろ考えてもいいんじゃないですか。夜学も卒業されたんでしょ」

「ええ、それは」

　聡一はうなずいた。六年かかったが、この春なんとか大学を卒業した。研究所での仕事は、まだまだ多難のようだが、これから自分も馬力の一つになりたいと強く思っている。

「何といっても国鉄の鉄道技術研究所にお勤めなんですから、私も自信を持ってお薦めしたんですよ」

　叔母はすっと背筋を伸ばした。鉄道総局は、一九四九（昭和二十四）年に日本国有鉄道として新たに発足しており、その名の通り国民のいちばん身近な交通機関になろうとしていた。

「いいえ、国鉄といっても研究機関のほうですから」

　小声で言うが耳には届いていなかったようだ。決定事項のように言う。

「地元で中学校教師をしてらっしゃるお兄さまがいらっしゃるので、こちらにお嫁に来てくださいます。家では家事をしながら、洋裁のお仕事をされればいいんじゃないかしら。こんないいお話、なかなかないですよ。御両親、お兄さまのお人柄は素晴らしいですし、ご本人も大変いいお嬢さんです。なんの不足もないと思いますよ」

織枝は場を仕切るように言い、聡一の写真を二、三枚みつくろい「履歴書は後で送って下さいね」と帰って行った。

「聡一、写真はちゃんと見たの？」

叔父夫婦を見送って、縁側に転がっていると、母が顔をのぞき込んできた。

「う、ん。まあ」

「写真くらいは見た方がいいんじゃないの。きれいなお嬢さんよ」

目の前に差し出された写真の女性は、学校の制服らしきものを着ていた。長い髪を一つの三つ編みにし、左肩の前にたらしている。良家のお嬢さんという雰囲気だ。

「そうだね、うん」

自分でも存外なほどそっけない声が出てしまった。普通の男なら、見合いと聞いただけで心が躍るものなのだろう。

リスの顔がちらりと浮かんだ。リスはひと月ほど前に見合いで結婚を決めていた。相手は少し年上らしいが、見合いの前から舞い上がっていた。そして話が決まってからは、今まで見たことのないような上機嫌で仕事にのぞんでいる。パチンコも止めたようだった。人が変わったとはあのことだ。伴侶を得るとは、別人になるほど嬉しいことなのかと思ったが、実際に自分の下に降ってきた縁談には、さほど晴れやかな気持ちにならない。

聡一は起き上がって、念のため写真をじっと見てみた。

目鼻立ちに派手さはないが、整っており、きれいな富士額と弓なりの眉は、典型的な美人型だった。だが、やはり心に変化はなかった。なんとなく、覚えづらそうな顔だとも思う。

すると、母が言った。

「無理しなくていいのよ」

「え？」

「叔父さんたちの顔を立てなきゃと思っているんだったら、それは考えなくていいからね」

「そんなことはないけど」

口先だけで答えながら、わずかに心当たりも感じた。この家で、父親の存在が徐々に薄れていくことに、聡一は不満を持っていた。父親の親戚で付き合いがあるのは叔父夫婦だけだ。聡一としては、関係を大事にしたいという気持ちもあった。

「しがらみはわずらわしいだけなんだから」

無邪気な顔で現実的な発言をする。

「男の世界はそうはいかないんだよ」

放り捨てるように言い返す。

「この際だから言っておくけど、この家の家長は僕なんだ。家のことだって、僕なりに考えているんだ」

「あら、お父さんに似てきたこと。九州男児みたいだわ」

精一杯虚勢を張ったのに、母は軽い荷物みたいに簡単に片付けた。そのうえ、思いがけない一撃を放った。

「本当は好きな人がいるんでしょう」

「……い、いないよ」

「越川寧子さん」

「ぐっ」

胸を撃ち抜かれたようになった。

「顔が白と赤のまだら模様になっているわよ」

母の声が遠くに聞こえる。本当はわかりきったことだった。寧子のことを考えない日はない。毎日毎日、それどころか、一日に何度も。手持ち無沙汰のときはもちろん、仕事の隙間からも寧子は入ってくる。自転車通勤の目のはしに流れる景色にも寧子が交じっていることがあって、つい探してしまう。寧子の顔は聡一の胸に焼き付いて離れない。この先も絶対に忘れないという自信すらあった。

叔母が持ってきた写真が、寧子だったらどんなによかっただろう。そんなことなどありはしないが。

「結婚は大事よ」

母はそれだけ言って、聡一の手から写真を取り上げ、すたすたと歩いて行った。

「……うん」

聡一は、うなだれたようにうなずいた。

聡一が家を出たのは、夕食を終えた後だった。しばらく考えて、答えを出したのだ。

自転車をこいで着いた先は、浜松町駅だ。日曜日の夕方の駅は、あまり人がいなかった。がらんとした待合室の掲示板に向かう。チョークを握る。寧子が黒板に目を留めるかどうかわからないが一気に書いた。

大事な大事な伝言。

〝寧子さん、九月十九日（月）の始業前、中庭で待っています。聡一〟

気が付いていてくれ。そして、覚えていてくれ。

七年前のあの日、この伝言板の前でしたやりとりを。

祈るような気持ちだった。


月曜日の朝は、少しだけ通勤列車が混んでいる。休んだ分の仕事をするために、早目に出る人が多いのだろう。寧子は人波にのまれるように、浜松町駅に降り立った。

足どりは重かった。昨日の日曜日、寧子は一歩も外に出なかった。部屋で一人、ぼんやりと畳の目を眺めていた。頭の中には、答えの出ない問いが巡っていた。

女では無理なのだろうか。

どれほど考えても答えは出なかった。いや、出したくなかった。

信号安全班は、研究所に戻った川野を中心に、列車自動制御装置（ＡＴＣ）の開発に取り組んでいた。超特急に使うＡＴＣは、多種類の伝達が必要なため、従来の回路では通用しない。そのため、あらたな開発実験がなされていた。

実験は回路や信号の仕組みを再現させて、川野の論文を基に繰り返された。紆余曲折の末、なんとか試作品ができたときには、寧子も嬉しかった。しかし、試作された車内信号を実際の本線で試験することになったところで、気持ちは暗転した。

試験に立ち合うメンバーが選ばれたのは、土曜日のことだった。

「信越本線での試験部員を発表します。佐藤、吉岡、横井、そして、助手に梅田、以上」

発表された姓の中に、〝越川〟はなかった。選ばれると思っていたわけではない。けれども自分でも意外なほどに落胆してしまったのは、曲がりなりにも仕事に対する手応えを感じていたからだろう。

寧子は、ほかのエリートたちのように論文を理解することはできなかったが、指示を受ければ実験準備は滞りなくできるようになっていた。先回りして、道具をそろえておくこともできるし、記録の正確さには自信もあった。内心、現場でも通用すると思っていた。少なくとも、名前を呼ばれた若手の助手よりも。

「なぜでしょうか」

だからつい、口をついたのだ。言ってしまってから慌てたが、取り返しはつかない。

「いえ」

なんとか言い繕おうとしたものの、発表した上司の本田《ほんだ》の反応の方が早かった。

「なぜだって？」

「い、いえ」

「まさか、選ばれるとでも思っていたのか」

「女だてらに」

「ちょっと考えがおかしいんじゃないか」

容赦ない中傷が、聞こえよがしに取り交わされるのを、戒める者は誰もいなかった。

「以上、解散」

ざわめきは本田の号令で収まったものの、その本田が、ずかずかと寧子に近づいてきた。

「越川くん」

「はい」

「これ以上、川野さんの邪魔をするのはやめなさい」

「じゃ、邪魔？」

まったく理解できない言葉に、寧子は狼狽した。

「邪魔なんて。私はお役に立ちたいだけです」

「それが邪魔だというんだよ。はーっ」

本田は、横を向いてわざとらしいため息を一つつき、腹を決めたように顔を引き締めた。

「川野さんは優しい人だから言えない。だから私が言う。女が一人いると、調子が狂う。研究所内だけならともかく、外の試験は一発勝負だ。だから出てきてもらっては困る」

「……」

本田はそれだけ言うと、踵を返した。


いつもなら、駅員さんに元気に朝の挨拶をして改札を抜けるところを、寧子は無言で定期だけ見せた。重い足を引きずって、けだるい視線をちらっと掲示板に流す。

掲示板を確かめるのは、寧子の習慣だ。総務部にいたころ、所員への伝言を掲示板に貼っていたからだと自覚している。駅のものとは意味合いが違うし、伝言を受ける心当たりもないのだが、それでもつい確かめてしまうのだ。

ちらりと見た目を戻し、いつものように行き過ぎようとした寧子は、はっと立ち止まった。

寧子？

自分の名前に反応したのだ。しかも、すぐにもう一つの名前が目に飛び込んできた。

聡一。

どちらも特に珍しい名前ではない。だが、この取り合わせは他人事とやり過ごす方が、不自然な気がした。何よりやり過ごせない引力があった。

大事な伝言。

「聡一さん」

つぶやいたら、呼吸が苦しくなった。

急ぎ足で向かった中庭には、もう朝日が充分さしていた。その光を受けるようにして聡一が立っていて、寧子は眩しさに目を細める。

「越川さん」

聡一の表情は、光に散ってわからなかったけれど、声は明るかった。

「伝言板、見たんですね」

「ええ」

寧子はうなずき、小首をかしげた。用事を聞こうとしたのだが、聡一はそれきり何も言わない。

「ここ、眩しいから日陰に行きましょう」

言いながら、寧子は木陰の方へ向かうと、聡一も黙ってついてきた。

「……あの」

握りつぶしたような声を出し、他人行儀な言い方をした。

「前に贈った石鹼、受け取ってくれなかったのはなぜですか」

そのよそよそしさにとがめられているような気もして、寧子は唇を結んだ。

「石鹼は返したのに、その後も僕に普通に接するのはどうしてですか」

「……ごめんなさい」

寧子は、はっとする。自分がやっていることが、聡一を混乱させてしまっているのだろうか。

「贈った物を返されたということは、振られたことだと思いました。でも、越川さんはその後も前と変わりがない。まるで、何もなかったかのようだ。からかっているのですか」

「そんな、そういうわけでは」

寧子は慌てた。

「ごめんなさい」

「謝らなくてもいいんです。でも、どうして僕と変わらずしゃべるのか教えてください」

「楽しいから」

切羽つまったように問う聡一に、寧子はするりと言った。これも不謹慎な返事だったかもしれないが、正直な気持ちだ。

「楽しい？」

「はい。松岡さんと話すのは楽しいです。いろんなことを教えてもらえるし、私の話もよく聞いてくれる」

特に寧子が研究所に移ってからは、てっとり早く話せる話題が多くなった。ほかではできないような専門的な話もできる。

「僕も同じです。寧子さんと話をするのが楽しい」

聡一は、胸の内を確認するようにゆっくりと言った。そして顔を上げた。

「見合い話が来たんです」

「えっ」

寧子は一瞬、景色を見失った。真空管の中にでも入ったような気分だ。言葉の意味はもちろん理解できる。けれども、寧子は異国の言葉を聞いたような気になった。満州で初めて聞いた中国語の感覚ではない。あのときは、言葉の意味をわかろうとして必死だったが、今の言葉はそれとは逆だ。明らかに心が拒絶していた。

わかりたくない。

どうしてこんな気持ちになったのか、わからないけれど。

「返事はまだしていません。その前にちゃんと越川さんに確かめておきたいからです」

「……、水をやっていいですか」

言いながら、寧子は自分の口から出た返事に、がっかりしたが、言ってしまったものはもう遅い。

「昨日は休みだったから土が乾いています。返事は水をやりながらでいいですか」

「は、はい。どうぞ」

聡一は一瞬面食らったようだが、うなずいたので、寧子は倉庫からバケツを取り出し、雨水をためた水槽から水を汲んだ。

大根の葉っぱが芽吹き始めていた。

土が柔らかいと、大根はまっすぐに伸びて柔らかくなると人に聞いて、今年は土を念入りに耕した。できたら、聡一にも食べてもらいたいと思っていた。

乾いた土に水をたっぷりまいていく。水はあっという間に吸い込まれた。遠足帰りの子どもみたいに、土がごくごくと喉を鳴らしている。いかにも気持ちの良い光景だ。

「私、寝言がひどいんです」

寧子は、水を得てふっくらと湿った土の表面を見ながら言った。

「寝言?」

聡一は収穫が終わったジャガイモ畑のはじに立って、当惑したような声を出した。

「はい。時々自分でもびっくりするほどの大声を出して飛び起きるんですけど、隣で寝ている母はもっとびっくりします」

「そうですか」

聡一は訝しげに眉根を寄せた。考えあぐねるように黙っている。

もう一杯水を汲もうとバケツに手をかけると、聡一は黙ったまま、寧子の手からバケツを取った。水槽に向かい水を入れたバケツを両手に持って畑に戻ってきた。

「ありがとうございます」

その一つを受け取って、水やりの続きをする。聡一は向こうの玉ねぎに水をやる。

「それが」

聡一は考えがまとまったのか、やっと言葉を発した。

「どうしたのでしょうか？」

まとまっていなかったようだ。ますます混乱したような顔だ。

「どうしたって、だから他人とは暮らせないと思うのです」

寧子は言った。

「そ、そんな」

聡一は、今度ははっきりした表情になった。

「それだけの理由で？　寝言がひどいから結婚できないなんて、聞いたことがありません」

聡一の語気は荒かった。ばかにされたとでも思ったかもしれない。

土がぐんぐん水を吸っている。貪欲なほどに水分を自分の中に取り込んでいる。広げた若い葉と、葉元の小さな茎が、朝日を浴びて光っていた。

その頼もしい青さが、寧子に勇気をくれた。

きちんと話そうと思った。

満州から引き揚げてくるときに見た光景を。折にふれて思い出される、無残な女性たちの姿を。あれから八年もたつのに、胸の痛みは消えていない。

この話をしたくないのは、単に口に出したくないからだけではなかった。むしろ、疑いをかけられるのが怖かったからだ。母が言うように、自分も汚されているのではないかと思われるのが嫌だったからだ。その怯えが、犠牲になった人を傷つけるものであると知りながら。複雑に絡まる心情のせいで、家族以外には話すことがなかったことだが、聡一に話してしまおうと思った。

話したかった。

「あの……。私は、引き揚げのときに見聞きした光景が、忘れられないのです」

寧子は水やりをしながら、すっかり話してしまった。

身体を動かしながらだったせいか、思ったよりもきちんと話せた。聡一がちゃんと聞いてくれたおかげもあるだろう。聡一の方は手を止めて、しっかり寧子の話に耳を傾けてくれた。そしてすべてを聞き終わると、こう言った。

「そうですか。それは辛い体験だったと思います」

聡一は強い目をして言った。ねぎらうような優しさも、疑うような狡猾さもなかった。ただただ強い目だった。

「正直なところ、僕には寧子さんの苦労はわかりません。それでも。それでも、これからあなたと一緒にいたいと思う。過去よりも今とこれからの方が大事だと思います」

寧子ははっと顔を上げた。

「話がずれるかもしれませんが」

聡一は前置きをしてから言葉をついだ。

「木崎さんや平林さんは、戦時中海軍で軍用機をつくっていたそうです」

「飛行機を」

「ええ。多くの命が犠牲になったことを大変悔やんでいる。だから平和な乗り物をつくるのに残りの人生をかけています」

朝日を背にして立っている聡一は、きらきらと光っていた。

「そして僕は、視力が悪くて戦争に行けなかったのが、大きな傷になっている」

そういう傷もあるのか。

さらりとした言い方だったが、深いところから聞こえるような声だった。

「戦争ではたくさんの人が傷を負った。でもこれからは平和の時代です。軍用機ではなく新幹線がそれを叶えてくれるとみんな信じて頑張っている。僕も力を注ぎたい。できれば寧子さんと一緒に平和な未来をつくりたい」

聡一をすり抜けてきた光がまぶしかった。寧子は胸の底にこびりついている、冷たいものがふと温まった気がした。

「寧子さん、僕と交際して下さいませんか」

「……」

「返事はすぐでなくてもいいです。でも、きっと聞かせてください」

聡一が言った。

「……はい」

寧子はうなずいた。

それから十日ほどがたった、十月の終わり。聡一は構内の掲示板に、寧子の一枚の貼り紙を見つけた。

「おおっ」

〝研究所振動班技術員　松岡聡一さん。
承知いたしました〟

「よっしゃあ」
吸い寄せられるように近づいて読み上げた伝言に、聡一は身を縮めてこぶしを握り込んだ。

13

鉄道研究所では、一つの大きな問題にぶち当たっていた。川野が独自に研究していた車内信号機が形になり、美しい車体にこだわった木崎の設計も完成しつつあった。それに伴う振動防止装置も、計算上では開発の見通しがついた。こののちは実験をして、調整をし、完成させるという流れになる。だが、そこに立ちはだかる大きな問題があった。

予算。

資金は、最初の段階である実際の装置をつくる時点から、すでに足りなかった。

資金不足は、当初からつきまとっていた問題だ。それでもなんとか工夫をしながらやり過ごし、そのうち見通しがつくことを期待していたが、うまくいかなかった。それどころか、設計が具体化するにつけ、予算と見積もりはかけ離れてしまった。

乗客を、東京から大阪までわずか四時間半で、しかも安全に心地よく運ぶ新幹線電車。そんな夢の超特急が、机上にはすでに姿を現している。しかしこれを現実のものとするには、莫大な費用がかかる。

戦後の日本には、復興をかけた建設工事が、あちこちで行われていた。景気は右肩上がりの一途をたどっていたが、国鉄にはなかなか予算が下りなかった。鉄道は斜陽産業との見方が強かったためだ。

政府は鉄道よりも自動車や航空機を重視し、高速道路や空港の整備を優先しようとしていた。空港にはアメリカ製の飛行機が次々に届いていた。そんな中、新幹線の開発に巨大な資金を投じるのは時代遅れだとされたのだ。

研究所では何度か話し合いがもたれたが、資金不足の問題は、いくら技術者だけで話し合っても無駄なことだった。さしずめ建設費を安く上げるための工夫をする知恵くらいしか浮かばず、抜本的な不足は解消できない。

「このままでは、新幹線は幻に終わってしまう」

木崎は渋い顔を見せた。

「夢は夢のままか」

唸るようにつぶやく平林の悔しさが、聡一には自分の痛みとして感じられた。そばで多くのことを見ているからだ。平林の研究は、揺れだけにとどまらず、電車が高速でトンネルに突入した際に耳に感じる気圧の変化の解消にもおよんでいた。

高い山などに登ったとき、気圧の変化で耳の鼓膜が引っ張られ、ツーンとした違和感をもたらすことがある。いわゆる「耳ツン現象」と呼ばれるもので、これと同じことが高速列車で生じることがあるが不快なものだ。つばを飲み込むと治まることもあるが、頑固な場合もあり、平林は、それでは旅を楽しむどころではないと、気圧の研究も重ねていた。乗り心地にかける平林の執念はすさまじい。

「一将功成りて万骨枯れるのならまだいいが、これでは一将功もならぬうちに万骨枯れてしまうのではないか」

一度追放されたことのある川野のつぶやきには、胸に迫るものがあったが、事実、国鉄の幹部の中にさえ、新幹線の開発自体をよく思わないものもいた。

戦後十年以上がたち、日本は痛手からようやく立ち直った。東京と大阪の二大都市を結ぶ、東海道本線も一九五六年以降、全線の電化が完成したばかりだった。その電化により貨物の輸送が盛んに行われている。貨物は今後も需要の増加が見込まれており、東海道本線の複々線化を進める計画も浮上していた。

国鉄の内部には、新幹線よりも貨物輸送が優先される向きがあった。鉄道技術研究所は、国鉄本社の付属機関といえども、下請けのようにみなされる感があり、立場が弱かったのだ。

だが、長きにわたって新幹線の開発に全力を注いできた研究所の技師たちにとっては、開発の具体化は悲願だ。どうしても予算が欲しい。

どうすればいいのか。

「講演会を開いてはどうでしょう」

ある日の会議で、聡一の口をぽんとついたのは、自分でも思ってもみないアイディアだった。

「講演会?」

研究所の技師たちは、はっとしたように息を飲んだ。

「そうです。これからお客になるであろう人たちに、製作した私たちが直接訴えるのです」

準備の整った発言ではなかったが、言いながら、感情と理屈が追いついてきた。

自分たちが開発している新幹線はこんなにも魅力的だ。せめてそれだけでも世の中に知って欲しい。では直接訴えたらどうだ。そうすれば、何かが変わるかもしれない。

実際、研究所の多くの研究員たちは自信を持っていた。実験に裏づけられた計算上、東京―大阪間の三時間も夢ではない。現在七時間三十分はかかる、東京―大阪間をたった三時間で結ぶ夢の超特急が人の心に響かないわけがない。

聡一は立ち上がった。

「国鉄側が開催してくれる見通しは薄い。ならば自分たちでやるしかありません」

「そうだな。世の中に向けて新幹線の説明を直接すれば、開発に向けての突破口が開けるかもしれない」

「でも国鉄本社からの風当たりが強くなって、研究がやりにくくならないだろうか」

「そうだよ、ただでさえ疎んじられているのに」

意見には賛否両論上がったが、聡一はひるまなかった。

「風当たりが強いのは今もです。だから自分たちでやるんです」

「ふふっ」

すると、どこからか笑い声がした。見ると、川野が唇に軽い笑いを乗せていた。

「そうだな。風当たりには慣れている。私など一度は追放された身だ。怖いものはない」

つられたように木崎も微笑んだ。

「大丈夫だ。風の抵抗の研究はしっかりした」

「そうだな。風圧の研究もぬかりはないぞ」

平林もうなずいた。三人は顔を見合せて笑い合った。

戦争の悔恨を抱え、幾多の困難を乗り越えて、研究を進めてきた三人の笑顔に、聡一は揺るがない芯を見たような気がした。

「我々が夢中になってつくっているものは、国民にとっても魅力があるはずだ」

いわば奇襲作戦ともいえる鉄道研究所主催の講演会は、みなぎる自信とともに決定した。


そんなある日、聡一は声をかけられた。

「松岡くん」

粘り気のある声にぎくりとする。ぎこちなく振り向くと、やはり池藤が背後にいた。

「きみ、結婚するんだって」

「い、いや、あの」

池藤が寧子のことを憎からず思っているらしいのは承知のことだったので、聡一は言葉を濁したが、相手は苦いものでも吐き出すように、不愉快そうな顔をした。

「勘違いしてもらっちゃ困るね」

池藤は眼鏡の真ん中を押し上げて、ぎらりとした目で聡一をにらんだ。

「もしかして俺が、越川さんに気があるとでも思っているのなら、そりゃあとんだ見当違いだ。あんなじゃじゃ馬、頼まれても好きにならんよ」

「じゃじゃ馬?」

思わず大きな声が出そうになったのを、必死でかみころすと、池藤はわざとらしいほどの笑顔をつくった。

「これは、これはすまんね。いくら本当のこととはいえ、細君になろうという人のことをそんなふうに言って。ところで、研究所ではなんだか説明会を行うんだって?」

池藤は負け惜しみだけ言って、反論をさしはさめないように話題を変えた。変わった話題は聡一にとって、寧子の悪口と同じくらい聞き逃せない話だった。

「どうしてそれを？」

講演会のことは慎重に計画していた。絶対秘密ということではなかったものの、大っぴらな発表をすると国鉄側の反感を買うことが想像でき、皆わきまえていた。必要以上の他言はせず、粛々と準備を進めていたのだ。

「なあ、松岡くん」

池藤はうって変わって猫なで声を出した。

「そんなことをしたら、国鉄本社がいい顔をせんよ。下手したら、製作予算どころか研究費さえ削られてしまうかもしれんよ。悪いことは言わない。きみから即刻中止を働きかけたまえ」

国鉄側からどんな圧力をかけられているのか、勝手に忖度《そんたく》をしているのか、池藤はなだめすかすような目つきをした。

つぶす気か。

池藤の表情には講演会をやめろという意図がにじんでいた。聡一をうまく懐柔し、この計画を潰せば、自分は国鉄本社に戻ることができると思っているのかもしれなかった。

「いやです」

だからではないが、聡一はきっぱりと首を左右に振った。

「私たちはどうしても新幹線を、夢の超特急をつくりたいんです。新幹線の良さを講演会で人々に伝えたいんです」

「何が、新幹線だ。夢の超特急だ」

池藤は鼻を鳴らした。

「まずは貨物なんだよ。この物不足だ、物資をいち早く届けることの方が先なんだ。そのための線路こそ最優先だというのが、国鉄の上の方のお考えだ。生意気言うな」

池藤は受け売りを捨てゼリフにして、すたすたと歩いて行った。

「あなたには寧子さんの良さも、新幹線の良さもわかりませんよっ」

その背中に聡一は、言葉を浴びせかけた。


一九五七（昭和三十二）年五月二十五日。銀座の野原ホールにて、「超特急列車東京―大阪間3時間への可能性」と銘打ち、鉄道技術研究所創立記念の講演会が行われることになった。

発表者は、木崎正道、平林静一、川野学。それぞれが研究してきた「車両について」「乗り心地と安全について」「信号と保安について」を一般市民に直接説明する。主催は鉄道技術研究所とし、新聞社に後援についてもらうことになった。

講演会当日、聡一と寧子は待ち合わせ、早めに会場入りをした。人の入りが心配だったからである。あらかじめ講演会を知らせるチラシをつくり、電車の中吊広告でも告知したが、実際のところ、世間の人々がどれくらい関心を持っているかはわからない。もし失敗に終われば、予算獲得は出来ず着工は遠のいてしまうだろう。悪くすると、頓挫してしまうかもしれない。

だが、そんな心配は杞憂だった。

「もしかして」

有楽町の駅を降り、しばらく歩いたところでまず寧子が言った。

「この人たちもしかして、みんな野原ホールに向かっているんじゃないかしら」

「え？　まさかそんなことはないだろう。ここは銀座だよ。東京でいちばん人が集まるところだ。それぞれ目的地は違うだろう」

聡一は苦笑したが、人の流れは一方的だ。途中で分かれたり、乱れたりすることはない。自分たちの進む道と同じだ。

「まさか」

「やっぱりそうよ」

半信半疑だった予想は、ホールが見えてきたとたん、現実のものとなった。入口を先頭にすでに列ができていたのだ。そこに聡一たちの乗っていた電車から降り立ったらしい人たちがこぞって加わり、列は長蛇のごとくだ。紛れて並びながら、聡一と寧子は見張った目を見つめ合った。今にも笑い出したい気持ちを必死で抑えた。

ようやく開いた会場は、まさにすし詰め状態。聡一と寧子は、会場の隅に立って聞くことにした。

「本日はお忙しいところ、我々鉄道技術研究所の研究発表にお越し下さりありがとうございます」

司会者の挨拶に続き、研究所所長により新たな高速鉄道の必要性が提唱された。それに続いて、木崎、平林、川野の三人の技術責任者により、それぞれの発表がなされた。

聡一はそのひとこと一言を、幾分不安を抱きながら聞いた。これまで携わってきたことの中には、理解するのに専門的な知識を要するものも多く、一般の人にどう受け取られるか心配だったのだ。会場の人たちの反応を確かめつつ耳を傾けたのだが、それもまた杞憂だった。

それぞれの発表は、専門的な言葉や言いまわしを含みながらも、非常に具体的だった。概略はこうだ。

〝東京―大阪間に最小曲線1500メートルの広軌線路を敷く。総延長450〜500キロメートル、そこに低重心、軽量構造、高出力の電車列車を走らせる。平均時速150〜160キロメートル、最高時速210キロメートルの高速運転が可能。ブレーキは風圧式及び電磁直通式。空気バネを利用して振動を抑え乗り心地を向上させる。信号は車内式を利用して集中制御を行う……〟

十年もの間積み重ねた研究は、矛盾や平仄の入り込む隙間がないのは当たり前だったが、何より聞きに来た人たちの希望に適合していたのだろう。

〝東京―大阪を三時間で結ぶ夢の超特急〟

この乗り物は、今まさに、戦後の日本を構築している人々に強い衝撃を与えた。そしてそのまま、復興を支える人々の勢いをも燃やすエネルギーとでもなったようだった。

すべての発表が終わり、会場は拍手喝采に包まれた。聡一も寧子も、手が痛くなるまで両手を叩いた。

鳴りやまぬ拍手の中、頭を深々と下げて応じる技術者たちの姿が、聡一にはぼやけて見えた。


鉄道研究所に思わぬ椿事がもたらされたのは、数日後のことだった。通達を告げたのは、池藤だった。中庭で行われた朝礼の終わりごろ、池藤はあたかも何かのついでのように言った。

「鉄道研究所の皆さんに、総裁からお達しです。先日野原ホールで行った講演会を聞かせて欲しいと仰せです」

丁寧な言葉遣いのわりには、あまりにおざなりな言い方だったので、聡一の脳は意味をつかめないくらいだったが、耳の方は勝手に反応した。

……えっ？

「どういうことでしょうか」

聡一はたずねた。同じ気持ちだったらしい皆の注目が、池藤に集まる。視線の中心で池藤はいかにも面倒くさそうな顔をした。

「だから、総裁がもう一度自分の前で説明して欲しいとおっしゃっているんです」

「総裁とは、十河信二《そごうしんじ》総裁のことかね」

木崎がたずねると、池藤はぶすっとしたまま、軽くうなずいた。

「十河総裁が我々の説明を直々に聞いて下さるそうだ」

木崎が声を上げると、研究所の一同からどよめきのような歓声が上がった。

「それはすごいことだ」

「大きな好機じゃないか」

「もう予算を取れたも同然ですね」

「よし、いいぞ。素晴らしい説明をしてください」

口ぐちに喜びとやる気を叫ぶ技術者たちを不機嫌そうにねめつけてから、池藤は
「ああもちろんだ」

総務に戻って行った。

野原ホールでの講演会の成功は、新聞にも大きく取り上げられ、聞きに来た人だけではなく、世の中の多くの人が関心を寄せるところとなった。国鉄の上層部に知れ渡ったのももちろんのことだ。社内には自分たちの推進する貨物線路の充実を脅かす危険のある成功に、眉をひそめるむきもあったが、かねてから経営者の立場で新幹線計画を主張していた十河信二は興味を示してくれた。一九五五(昭和三十)

年五月に就任したばかりの十河は、新しい考えを柔軟に取り入れる懐《ふところ》を持っていたようだ。

こんなチャンスを逃がす手はない。研究所の三人の班長は、大きな熱意と敬意を持って説明に臨んだ。それは総裁の心にもしっかりと響いた。

結果、膨大な予算がめでたくついたのだった。


予算がつき、実験へ向けて本格始動すると、研究所はにわかに活気づいた。これまで希望は持ちつつも、どこかで完成を危ぶんでいた心の重りが取り払われ、従業員たちは一直線に職務に邁進した。いっさいの迷いがなくなった彼らは、それこそが時速200キロのようだった。

そんな折、聡一は平林から思いがけないことを言い渡された。暮れも押し詰まったころだった。

「松岡、ちょっと設計班に行ってくれ」

「設計班ですか」

「ああ、木崎さんが呼んでいる。きみの力を借りたいそうだ」

「え？　わかりました」

木崎とはずいぶん長い間仕事をしていない。自分が呼ばれた理由の見当がとんとつかないまま、聡一は隣の研究所へ行ったが、そこで聞いたのはなんとも懐かしい単語だった。

「松岡、風洞実験をやるぞ」

「風洞実験ですか」

かつてやった、木箱と扇風機の実験を思い出す。

「そうだ。今回は以前のような簡易的なものではない。きみがつくった模型を基にして、実物の縮小版をつくっている。それを東大の風洞実験室を借りて本格的にやるんだ」

「私の模型を基礎に本格的な」

「ああ。一週間後な」

「でも一週間後は、まだ正月休みでは？」

「だからいいんだよ」

木崎は大声で言った。

「大学が休みだから借りられたんだ。教授に話はつけてある」

「そうなんですかっ！」

声を弾ませて答えながら、聡一は頬を紅潮させた。十年以上の時を経て、ついに車体が完成するのだ。そしてそれは、自分がつくった模型を基礎とした車体。

「それできみには車体の生みの親の一人として、実験に立ち会ってもらいたいのだ。正月だがいいか……」

「もちろんですっ」

木崎が最後まで言わないうちに、聡一は快諾した。正月も何もあったものかと思う。あのときの模型が最終的な材料になる。胸を真っ白な洗濯物のようにはためかせて、研究所の門をくぐった日の心持ちをありありと思い出した。

もうすぐだ。もうすぐ戦争によって失われたものが取り戻せるのだ。

正月三日。木崎の出身校である東京大学で風洞実験が行われた。それに備えて聡一は正月休みも返上し、大学時代の教科書を広げ、木崎から受け取った計画書とつけ合わせてみていた。準備万端とまでは言えないが、何をやるのか戸惑っていたあのときの自分ではない。木崎の右腕となって正確なデータを取らなくてはならない。

聡一は、真冬の星の光のように凜と引き締まったような気持ちで、大学の門をくぐった。

風洞実験室には、トンネル型の装置があった。この中に人工の風を起こし、車体にどのような影響があるのかを実験する。一両分の車体を縮小した模型が、実験室に入れられた。これは、入社当時の聡一がつくり上げた二十の模型のうち、空気抵抗などの障害の影響をいちばん受けなかった形だ。

今日の実験は、これに風を当て、抵抗が生まれた箇所にさらに調整を加えるために行われるということだった。実験は地面の影響を正確に考慮できるように、二台の車両を上下対称にして車両同士を組み合わせたものに風を当てる。

聡一は万感の思いを込めて、スイッチに手を置いた。

「ではスイッチを入れて」

「はい」

木崎の指示にスイッチを入れると、まずトンネル内に煙が満ちた。次にモーターが回るような電子音がした。

そして、風が起こった。

半日ほどかかって、実験は終了した。スイッチを入れては数値を測り、記録することが二十回繰り返された。装置の珍しさと音の大きさに比べれば、実験そのものは地味な作業だったが、神経を使った。

「これから抵抗が生まれたところを、最大限にそぎ落とす。それがいちばん美しい形だ」

後片付けをする聡一の耳に、つぶやく木崎の声が聞こえて盗み見ると、木崎は木製の鉄道模型をいとおしそうになでていた。

「あ、それは」

聡一の目は、木崎の手元に釘付けになった。

それは入社当時聡一がつくった模型だったのだ。

「まだ持っていてくださったんですか」

「当たり前だ。これが原型だからな」

我が身がなでられているようで、聡一は照れくさくもあったが、温かく満ち足りた気持ちだった。

「今日はお疲れであった」

「はいっ」

木崎の声に速やかに班員が集まる。

「では、この結果を踏まえて、さっそく車両の製作にとりかかる」

「はいっ」

「はいっ」

ほかの班員にならって、聡一も背筋をしゃんと伸ばした。

「材料の選択などまだいくつかの段階があるが、なんとか美しいものをつくろう」

美しいもの。

声を張る木崎は嬉しそうな顔で、聡一はいっそう張り切った返事をした。

「はいっ」

その日は現地解散となり、班員たちは三々五々、大学を後にした。

聡一は少し大学構内を歩いてみることにした。休み中ではあるものの、窓越しに見えた研究材料や大量の書物に、大学生たちの息吹きが感じられた。これからここでたくさんの技術者たちが育つだろう。

負けてはいられない。

自分を鼓舞する如く、大股で校門を踏みだした。


一九五九（昭和三十四）年四月一日。浜松町の鉄道研究所には、全職員が集まっていた。研究所の五十二周年を記念して、国鉄の総裁である十河信二の訓示が行われるのである。

全職員が手狭なホールに並ぶ列の中ほどで、聡一も話を聞いた。

十河は、職員を前に太い声を響かせた。

「一花開天下春（いっかひらいててんかのはるなり）という言葉があります。これは、一輪の花が開いて、天下の春の訪れを知るという意味です」

中国の宋時代の禅僧の言葉を用いて、研究所での新幹線の研究という一輪の花によって、天下に春がもたらされるだろうと訓示した。

「この場所で諸君にお目にかかれるのはこれで最後であります。こんなオンボロな研究所でよくも諸君が我慢して研究を続けてくれたものだと、私は今さらながら感激に堪えないところであります」

鉄道技術研究所は、翌年の十月十六日をもって全面的に北多摩郡国分寺町《きたたまぐんこくぶんじまち》に移転することが決まっていた。黒ぶち眼鏡に禿頭《とくとう》の十河がくだけた口調で言うと、ユーモアさえ漂ったが、「もっと広い敷地でのびのびと研究させてやりたい」と国立研究所への移転を推進してくれたのも、十河だった。

そして秋。研究所は出来上がったばかりの東京タワーがまぢかに見える浜松町から、国立研究所に移転した。東京の都心は、かつて空白のような焼け跡が広がっていたとは思えないほどに、建物が建て込み、人があふれていた。
聡一と寧子は結婚し、新居を緑豊かな国立の官舎に構えた。

14

聡一と寧子は新婚旅行で、小田急ロマンスカーの３０００形に乗って、箱根温泉に出かけた。ロマンスカーは国鉄鉄道技術研究所が開発に協力した新型特急列車で、一九五七（昭和三十二）年夏の運航以来若いカップルを中心に大きな人気を集めていた。

スーパーエクスプレスカー（ＳＥ車）と呼ばれ、多くの新機軸が盛り込まれ、軽量化と安全性が徹底的に追求されていた。形もスマートで、それまでの「電車といえば四角」という概念を打ち破り、利用者の注目を集めていた。

この列車が完成したのは、奇しくも鉄道技術研究所が行った講演会と同じ五月のことだった。

「かっこいいなあ」

ホームに停まっていた３０００形に聡一の胸は高鳴った。目の覚めるような赤い胴体と、丸身を帯びた顔。いずれもこれまでに見たことのないような列車だ。

「美しい物は正しい。正しいものは速い」

木崎の言葉がつい口をつく。言葉の真偽はともかくとして、小田急が満を持してつくったこの３０００形が魅力的だということは確かだ。速さと安全を併せ持った上で、乗ってみたいと思わせる美しい車体をつくりたいと、聡一も強く感じていた。

「内装も素敵ね」

車内に足を踏み入れた寧子も目を輝かせている。指定した一両目の座席に座り、聡一は念入りにシートを確かめた。

「うん、シートの座り心地もいい」

小田急に先を越されてしまったのは癪にさわるが、新しいロマンスカーは新婚旅行の喜びをさらに大きくしてくれた。一生の思い出には、文句のつけようのない列車だろう。

二人が一両目の座席を指定したのは、運転席が近いからだ。一両目はガラス窓越しに運転席が見えることもあり、鉄道好きの乗客で競争率が高かったが、なんとか入手できた。

シートに続いて窓の大きさなどを確かめていると、寧子が慌てたように立ち上がった。

「運転席、見えなくなるわよ」

すでに数人の乗客が、運転席の後ろに立っていた。ほかの車両からも来ているらしい。

「お、こりゃまずい」

寧子に続いて聡一も立ち上がる。

やがて発車のベルが鳴り、アナウンスがされて、列車は静かに動き始めた。

「走り始めも静かね」

「ああ、でもこれからぐんぐんスピードを上げて行くぞ。最高時速120キロ。乗り心地はどうだろうか」

小田急ロマンスカーの開発には国鉄も大きく寄与した。一九五五（昭和三十）年から本格的に始まった設計には木崎も協力し、国鉄の線路上で高速走行試験が行われた。営業運転では出さないスピードなので、国鉄のまっすぐなレールを使用したのだ。

国営と民間。競合する同業種が協力し合うのは前例のないことだったが、小田急のSE車開発には、鉄道技術研究所の技術者たちも強い関心を持っていたのである。

そして、共同開発も辞さないほど、夢の超特急の開発は困難な仕事であり、技術者たちにとっては悲願だったのだ。

世界をアッち言わせること。

叔父の顔が思い出され、聡一はこぶしを小さく握る。ロマンスカーの成功が、国鉄の超特急の実現も遠くないことを確信させた。

時折細かい揺れはあるが、それは体を弾ませるばかりの振れだった。

寧子は無言で、食い入るように運転席を見ている。

悔いが残っているのだろうか。

聡一は胸の内だけで思った。強い逆風の吹く職場で踏ん張っていた寧子だが、結婚を決めたと同時に、すっぱり辞めた。それ以来、仕事の話を寧子はしないが、内心忸怩たるものがあるのかもしれない。

列車のスピードはぐんぐん上がる。人の頭越しに見える前方の景色が近づいてはすりぬける。運転手の背中は動かない。じっと前を見つめている目の真剣さまでわかるようだ。体感では１００キロを超えたようだが、激しい振動を感じることも、体に違和感を持つこともなかった。

しかしながら、胸だけは高鳴っていた。胸の奥がしきりにざわめいて仕方なかった。

胸の高鳴りを持って聡一は、職場に戻った。国鉄による新幹線の開発も、いよいよ成熟のときを迎えていた。

平林は、独自に進めていた蛇行動の数学的解析に関する論文が国際鉄道連合の研究組織が募集した懸賞論文の3位入賞となり、一九五九（昭和三十四）年にヨーロッパに派遣されていた。鉄道先進国であるイギリスやドイツ、スイスなどの研究機関を回り、技術者たちとも交流した。その上で、改めて日本の模型実験に自信を深めて帰国した。見学したいずれの国も、車両振動に苦労していたが、日本のような模型実験装置を用いて現象の解明をしている国はなかったのだ。

一九六二（昭和三十七）年四月には鴨宮《かものみや》にモデル線が完成。全長32キロの試験線は、世界を見てきた平林独特の仮説を、実際に試す場所だった。

実験に次ぐ実験。

今や聡一は、あらゆる測定や実験に携わったエキスパートになっていた。

条件を変えた速度実験や、風圧実験のほか、継目衝撃が枕木に与える影響を測る実験、パンタグラフの風洞実験、フラット試験……。新幹線を安全かつ快適に走らせるために、ありとあらゆる実験が行われた。

多くは専門の機器で測定し、データ化するものだったが、中には、実際に障害物としてジャガイモを車輪に踏ませてみるなどのアナログな手法の実験も行われた。

仕事に追われ、毎日帰りの遅い聡一は二人の子の父親となっていた。長男は鉄太《てった》三歳、長女の幹子《みきこ》は二歳。二人の名前は、どんどん伸びゆく鉄道、新幹線から取った。

ある日曜日、たまの休みに家族でゆっくり朝食を取っていると、鉄太からたずねられた。

「お父さん、昨日は会社で何をしたの?」

「なにしたの?」

妹の幹子も兄を真似て質問をした。

「うーん」

聡一は唸った。唸りながら記憶が蘇る。

そういえば、賢二と真三からも聞かれたことがあるな。

鉄道技術研究所出社初日のことだ。あのときは芋を蒸かしたと言えなくて、唸ったままだったが、勤続十六年を越えた今なら、胸を張って言える。

「昨日は、車輪で芋をひいてみたぞ」

「お父さんったら」

テーブルの向こうで寧子は苦笑いをしたが、鉄太と幹子はきょとんとしたような顔をしていた。

15

「お父さん行ってらっしゃい」

「行ってらったい」

「頑張ってね」

いつも仕事に出かけるときは、玄関まで見送ってくれる家族たちの声が、この日は特別に聡一の胸に響いた。

一九六三（昭和三十八）年三月三十日。

モデル線での高速度試験の日。前年秋の試験で、時速２００キロを記録したＢ編成で、最終目標である、250キロを目指すことになっていた。入社当時、度肝を抜かれた時速200キロが、十七年の時を経て現実になっていた。

そして今日、更なる速度を目指す、速度向上試験の最終日だった。

その試験車両に、聡一は運転士ではないが、記録係という形で乗車することを許された。新幹線電車の開発に、製作の段階からかかわってきた経歴が認められたのだ。

「行ってきます」

張り詰めた声で返事をすると、寧子が朗らかに続けた。

「肩の力はなるべく抜いて」

知らぬ間に、体に力が入っていたらしい。

「ああ」

聡一は、両肩を上下させながらうなずいた。おかげで少しリラックスできたようだ。

あの、銀座野原ホールでの講演会の後、正式に動き出した新幹線開発事業は、その後も幾多の困難な過程を乗り越えて、やっと走行実験にこぎつけていた。

歩きながら、聡一の胸には今日を迎えるまでのことが、熱く駆け抜ける。

一九五八（昭和三十三）年、新幹線の前身となる特別急行「こだま」が運転を開始し、翌、一九五九（昭和三十四）年四月二十日には、東海道新幹線の起工式を迎えた。

全線に広軌レールを敷き、一部を除いて高架線路工事をすることになった。やはりここでも最重要課題となったのが、資金の問題だった。講演会で勝ち取った国の予算は、実際に動き出した開発には、充分足り得るものではなかった。考えあぐねた国鉄総裁となっていた十河は、ここでまた奇襲とも言える作戦を行使した。国に対して、世界銀行に8000万ドルもの借金の要請をしたのだ。まさに、人々の度肝を抜く、弾丸作戦だった。

当然これには世界各国から異議が上がった。

「返す見通しはあるのか」

「そもそも敗戦国が世界一の鉄道をつくるために、そんな大金を貸す意味はあるのか」

かつて、国鉄内で起こっていた風当たりなどそよ風のような、世界規模の反対だった。

しかし十河総裁は強かだった。建設資金の調達にこそ、新幹線開発事業を国際的に認知してもらう意図があると判断し、借金の取りつけを成功させたのである。

そして。めでたく資金調達を受けてできたのが、モデル線だった。

けれども。

その直後、聡一にとって予想外のことが起こった。木崎正道が退職したのだ。

官舎を出て歩いていた聡一は、当時のことを思い出し立ち止まる。

モデル線が完成したのを待っていたように木崎が辞表を出したときは、信じられなかった。聡一は頭が真っ白になる思いだった。今でもはっきりと思い出せる。


「木崎さん、待って下さい」

木崎が辞表を出したことを知らなかった聡一は、見送りに間に合わなかった。知ったときにはすでに木崎は研究所を去った後で、聡一は慌てて追いかけた。

「待って下さい」

駅に向かう道で木崎の姿を発見し、何度か声をかけたところで、ようやく木崎は振り返った。聡一は木崎に駆け寄った。

「ど、どうして」

息も絶え絶えにたずねると、木崎は静かな微笑みをたたえた。

「自分の技術はすべて出し切ったよ」

木崎は言った。まるでレールのようにまっすぐな声だった。

「だってもうすぐ車体が完成するんですよ」

木崎は「夢の超特急」の完成を見ずに研究所を去ろうとしていたのだ。

「ご自分のつくったものを見届けてくださいよ」

聡一は懇願したが、木崎はゆっくりと首を左右に動かした。

「あとは、若い力に任せたい。私の夢は成就した」

「平和のために技術を使うという夢ですか」

やっと整った呼吸を確かめながらした質問に、木崎はゆっくりとうなずいた。

「ああそうだ。私は自分の技術で多くの人の尊い命を奪ってしまった。だからこれからは平和のために力を捧げたいと切望して、あの門をくぐった」

木崎は鉄道研究所の方を見やり、天を仰いだ。

「私がつくった軍用機で犯した過ちを、新幹線電車で昇華させたかった」

木崎の頬を涙が伝った。

「昇華、できたんですね」

「ああ」

深くうなずいた木崎は涙をぬぐい、聡一を見つめた。

「本当に美しいものになった」

何年も前、いかにも簡素な風洞実験の帰りに聞いた木崎の夢は、現実となった。

「職人たちの長いキャリアと、きみたちのような若い力に助けられた。新幹線電車は、伝統と革新の賜物であり平和の象徴だ」

「平和の象徴」

くりかえしながら、聡一はかみしめた。

木崎は優しく眩しそうな目をしていた。いつかトンボを見ていたときのような目だった。

「では」

「おつかれさまでした」

去っていく木崎に、聡一は深く頭を下げ、後ろ姿が見えなくなるまで見送ったのだった。

三月も末だというのに、現場は寒かった。

聡一は、気合を入れるべく、背筋をしゃんと伸ばした。朝日を仰いだとたん、出

そうになったくしゃみを引っ込める。そのかわり、

「よし」

と大きな声で気合を入れ、試験電車の乗降口に向かった。

目標時速は、２５０キロ。

午前九時半。いよいよ乗車。

「では始める」

「はいっ」

「お願いしますっ」

管制指令室で指揮をとる川野の張りのある声に、小塚《こづか》の隣で聡一も声を張った。

テスト運転士は、小塚保《たもつ》。全国の運転士の中から選ばれたエースドライバーだ。腕も確かな上、底抜けに明るい車内アナウンスで有名な人気運転士でもある。

運転席に乗り込む小塚に聡一も続いて、副操縦士の席に着く。この日のために特別に借りた運転士の制服には、寧子がきちんとアイロンをかけてくれた。帽子をかぶり小塚と同じ白い手袋もはめた。

聡一の席からは、小塚の視線も手元もよく見える。運転と乗り心地の両方をしっかり感じようと思った。

「右よーし、左よーし、前方よーし」

高らかに指差し確認をする小塚に倣い、

「右よーし、左よーし、前方よーし」

聡一も確認をすると、ホームから発車のベルが響いた。

「出発しまーすっ」

空まで突き抜けるような声とともに、小塚はブレーキを外し、ノッチを入れた。新幹線はゆっくりと走り出す。聡一もぎゅっとこぶしを握った。

上昇するスピードを、聡一はすでに体で覚えている。100キロを超えると目の端をすり抜ける景色が飛ぶようになり、200キロを超えるとみぞおちあたりがシューッと縮む。丹田が締まった。確認した速度計は、果たして200キロをさしていた。

「九時四十五分、200キロ達成」

「九時四十五分、200キロ達成」

小塚の呼称を繰り返して、聡一は記録用紙に書きつける。手袋の中が熱を持っていた。どうやら汗をかいているようだ。間をおかず、小塚の声が響く。

「ただいま、時速230、240……」

もはや繰り返す時間もない。記録を取っている間にもさらにスピードは上がる。

「目標時速250キロを突破しました！」

しかし小塚は、まだブレーキをかけなかった。ATCもまだ作動しない。小塚の体には、やや力が入っているようだが、聡一の全身からも汗が噴き出していた。

そして。

「九時四十六分、256キロ達成」

「九時四十六分、256キロ達成」

なんとか聡一が繰り返したところで、
ガクン。

音がして速度が弱まった。ATCが作動したのだ。小塚は速やかにブレーキをかけ、列車はぐんぐんスピードを落としていった。

「成功だな」

「はいっ」

小塚が出した手を、聡一はしっかりと握った。握った小塚の手袋も汗に濡れていた。

体にしびれるような余韻がしみわたった。

「やったあ」

「やったー」

鉄太と幹子が、東京駅のホームでジャンプしていた。

「楽しみね」

大喜びする二人が、飛び出して行かないようにしっかりと手を握りながらも、寧子も興奮を抑えきれないようだ。聡一はそんな家族を、写真に収めるべく、カメラのシャッターを何度も切る。

やっと家族を新幹線、夢の超特急に乗せることができるのだ。

東海道新幹線がいよいよ開業した。一九六四（昭和三十九）年十月一日、セレモニーで、夢の超特急、新幹線電車がついに姿を現した。名前は一般公募で募集し、応募総数一万九千八百四十五通の中から、一位の「ひかり」が選ばれた。

目の前にそびえるような丸みを帯びた形。愛敬を感じるその姿は、これまでに誰も見たことがない新しい形だった。

これが、木崎さんがつくりたかった列車か。

堂々と現れた新幹線を見つめながら、聡一は万感の思いにかられていた。

「飛行機みたいだね」

「みたいね」

子どもたちの感想に、聡一は思わず木崎の顔を思い浮かべた。

「……そうだな。これは平和の形だ」

平和に形があるとしたら、これこそがそうなのだ、と、聡一は思う。戦争を悔いる者と行けなかった者、そして戦前から安全を願って腕を揮《ふる》ってきた者たちが、技術を結集させてつくった列車。平和を運び、平和に生きる列車の形。

青天に浮かぶ雲のような、あるいは大海原と白波を思わせるような、白と水色の二色のコントラスト。車体の色は白をベースにするというのは、木崎の発案だった。従来の電車は、濃い色が多かったが、それでは鉄粉がついたりスモッグや雨で汚れやすいので、掃除の手間が増える。だが、白ならばそれらがさほど気にならず、いつも清潔感のある列車に乗ってもらえる。飛行機をつくってきた経験から実現したカラーリングだ。

折しも世界初のジェット旅客機、イギリス、デ・ハビランド社製の「コメット」や、それに続くアメリカ、ボーイング社製の「B707」などが登場していて、陸を走る飛行機のようなイメージもある。

正面から見ると鼻が丸いのは、「正面に鼻筋を通す」という島秀雄の発案だった。空と海を溶かし込んだようなこの列車が、これから日本列島を走るのだ。

これと一緒に自分も歩んでいこう。

つきあげてくる感激に目の奥が熱くなるのを、聡一は、必死で耐えた。

そして今日、聡一は家族と一緒にこの新幹線に乗る。

リリリリーン。

ベルが鳴り、「ひかり」がホームに入ってきた。

これからも新幹線は進化をつづけていくだろう。もっと速く、快適に、そして美しく。最大限の安全性とともに。それを支える技術者になりたいと、聡一は改めて決意する。

「技術は裏切らない」

コンさんの声が、耳元で聞こえた気がした。聡一は涙を胸に押し戻した。

泣いてはいられない。これからだ。そして、いつしか自分も次の世代につなぎたい。

未来を開く技術を。

みなぎる力を胸に、聡一は鉄太と幹子を抱く寧子の手を優しく握った。

軍用機や零戦の製作者たちが、情熱を傾けてつくったこの新幹線は、のちに0《ゼロ》系新幹線と呼ばれることになった。

『零から0へ』あとがき

「新幹線をつくったのは、かつて零戦をつくっていた技術者だった」ということを初めて知ったとき、私は衝撃を受けました。それは戦闘機の辛く悲しい歴史にそぐわぬ明るいショックで、なぜそのような気持ちになったのかを探るため史実を詳しく調べようと思いました。

いくつかの文献や映像からわかったことは、新幹線は、武器とも言える飛行機をつくっていた苦い経験から、自分たちの技術を平和のために使いたいと願った技術者たちの、ひとつの完成形ということでした。

どんな技術の革新も、技術者たちの知恵と熱意の結集であるのは当然ですが、新幹線の場合、その熱意の発端が極めて特殊な心情だったことが、調べるほどに胸に迫りました。当時の感覚では無謀とも思える仕事を支えていたのは、技術者たちの強い贖罪の気持ちだと思えば、切ないような気持ちです。けれども、資料から伝わる成功までの苦難の道程には、確かな希望があふれていました。

このことを理解して、自分の気持ちがどうして明るくなったのかがわかりました。少なくとも私の価値観の中では、得心がいくことだったからです。人の能力が正しい場所で正しく発揮できたことに対する安心と喜びを、当事者でもないくせに感じたからでした。そしてその強い心の動きを、なんとか物語で表したいと思ったのでした。

しかしながら、当時のことも鉄道のことも、何一つ知らない向こう見ずな挑戦です。情熱だけで動き始めていた物語には、リアリティが欠けていました。

そこに公益財団法人鉄道総合技術研究所さんが、お力を貸して下さることになりました。小野田滋様、広報様、大変お世話になりました。貴重な資料や写真を見せていただき、こと細かいレクチャーをしていただきましたことに深く感謝申し上げます。

特に、モデルとなった技術者の方に直接インタビューをされた小野田さんのご意見は、具体的で大変参考になりました。

また、この本にかかわって下さったポプラ社の皆様、本当にありがとうございました。

そして、この本を手に取って下さった方がたにも、深く感謝いたします。ありがとうございました。

最後に、この物語はフィクションです。主人公をはじめ、登場人物の多くは実在しませんし、エピソードの多くも想像上のものです。史実は理解して書きましたが、物語として面白いように、脚色してあることをご理解ください。文責はひとえに作者にございます。

まはら三桃

参考文献

・新幹線軌跡と展望　政策・経済性から検証　角本良平　交通新聞社
・新幹線をつくった男　島秀雄物語　高橋団吉　小学館
・超高速に挑む　新幹線開発に賭けた男たち。　碇義朗　文藝春秋
・新幹線を航空機に変えた男たち　前間孝則　さくら舎
・零戦、紫電改からホンダジェットまで　日本の名機をつくったサムライたち　前間孝則　さくら舎
・追憶　新幹線0系　キャンDVDブックス　JTBパブリック
・トンボに学ぶ飛行テクノロジーと昆虫模倣　小幡章　技報堂出版
・堀越二郎の戦闘機がまるごとわかる本　晋遊舎ムック　晋遊舎
・大系日本の歴史⑮　世界の中の日本　藤原彰　小学館ライブラリー
・写真に見る満州鉄道　高木宏之　光人社
・プロジェクトX挑戦者たち　執念が生んだ新幹線　コミック版　宙出版
・プロジェクトX挑戦者たち　執念が生んだ新幹線　平成12年5月9日放送　DVD

他　鉄道総研様よりの資料　多数
　　インターネット

本書は書き下ろしです。

まはら三桃（まはら・みと）

福岡県出身、在住。２００５年講談社児童文学新人賞〈佳作〉をとり翌年デビュー。２０１１年『鉄のしぶきがはねる』で坪田譲治文学賞、第４回ＪＢＢＹ賞を受賞。『奮闘するたすく』は２０１８年青少年読書感想文全国コンクールの課題図書。ほかに『たまごを持つように』『思いはいのり、言葉はつばさ』など多数。一般文芸としては『空は逃げない』『パパとセイラの１７７日間』がある。

零から0へ

2021年1月12日　第1刷発行
2021年7月15日　第2刷発行

著　者　まはら三桃
発行者　千葉均
編　集　門田奈穂子　森潤也
発行所　株式会社ポプラ社
〒102-8519 東京都千代田区麹町4-2-6
一般書ホームページ　www.webasta.jp

組版・校閲　株式会社鷗来堂
印刷・製本　中央精版印刷株式会社

N.D.C.913 310p 20cm ISBN 978-4-591-16907-0

P8008327

ニキ

夏木志朋

高校生・田井中広一はつねに人から馬鹿にされ、世界から浮き上がってしまう。そんな広一が「この人なら」と唯一、人間的な関心を寄せたのが美術教師の二木良平だった。彼が自分以上に危険な人間であると確信する広一は、二木に近づき、脅し、とんでもない取引をもちかける――。第9回ポプラ社小説新人賞受賞作。

単行本

かがみの孤城

辻村深月

学校での居場所をなくし、閉じこもっていたこころの目の前で、ある日突然部屋の鏡が光り始めた。輝く鏡をくぐり抜けた先にあったのは、城のような不思議な建物。そこにはちょうどこころと似た境遇の7人が集められていた——。すべてが明らかになるとき、驚きとともに大きな感動に包まれる。

単行本

ライフ

小野寺史宜

アルバイトを掛け持ちしながら独り暮らしを続けてきた井川幹太27歳。気楽なアパート暮らしのはずが、引っ越してきた「戸田さん」と望まぬ付き合いがはじまる。夫婦喧嘩から育児まで、あけっぴろげな隣人から頼りにされていく幹太。やがて幹太は自分のなかで押し殺してきた「願い」に気づいていく——。

単行本

ライオンのおやつ

小川糸

人生の最後に食べたいおやつは何ですか――。若くして余命を告げられた主人公の雫は、瀬戸内の島のホスピスで残りの日々を過ごすことを決め、本当にしたかったことを考える。ホスピスでは、毎週日曜日、入居者がリクエストできる「おやつの時間」があるのだが、雫はなかなか選べずにいた。

単行本

母さんは料理がへたすぎる

白石睦月

山田家の父親は三年前に事故で他界。会社勤めの母親と、幼稚園に通う三つ子の妹たちの面倒をみるのが高校生の龍一朗の役目。それぞれつまづいたり、悩んだり、助けられたりしながら日々を刻んでいく山田家と龍一朗を、こまやかで確かな筆致で描いた青春と成長の物語。第1回おいしい文学賞受賞作。

単行本

縁結びカツサンド

冬森灯

駒込うらら商店街に佇む、昔ながらのパン屋さん「ベーカリー・コテン」。一家で経営してきたコテンの未来を背負うのは、悩める三代目・和久。日々迷いながらパン生地をこねる和久のもとには、愉快なお客たちがやってくる——。しぼんだ心を幸せでふっくらさせる、とびきりあったかな〝縁〟の物語。

単行本

わたしの美しい庭

凪良ゆう

小学生の百音と統理はふたり暮らしだが、血はつながっていない。その生活を〝変わっている〟という人もいるけれど、日々楽しく過ごしている。マンションの屋上には小さな神社があって、悪いご縁を断ち切ってくれるといい、〝いろんなもの〟が心に絡んでしまった人がやってくるのだが――。

単行本

お探し物は図書室まで

青山美智子

お探し物は、本ですか？ 仕事ですか？ 人生ですか？

人生に悩む人々が訪れた小さな図書室。彼らの背中を、不愛想だけど聞き上手な司書さんが、思いもよらない本のセレクトと可愛い付録で、後押しします。

自分が本当に「探している物」に気がつき、明日への活力が満ちていくハートウォーミング小説。

単行本